이 책의
활용법

나와 당신이 행복해지는 시간

이 맛에 요리

©샘 킴, 2015

초판 1쇄 발행 2015년 5월 23일
초판 2쇄 발행 2015년 5월 28일

지은이 샘 킴
펴낸이 유정연

책임편집 김소영
기획편집 김세원 최창욱 장지연 **전자책** 이정 **디자인** 신묘정 이승은
마케팅 이유섭 최현준 **제작** 임정호 **경영지원** 박승남

펴낸곳 흐름출판 **출판등록** 제313-2003-199호(2003년 5월 28일)
주소 서울시 마포구 홍익로 5길 59, 2층(서교동 370-15)
전화 (02)325-4944 **팩스** (02)325-4945 **이메일** book@hbooks.co.kr
홈페이지 http://www.nwmedia.co.kr **블로그** blog.naver.com/nextwave7
출력·인쇄·제본 (주)상지사 **용지** 월드페이퍼(주) **후가공** (주)이지앤비(특허 제10-1081185호)

ISBN 978-89-6596-154-3 03810

이 도서의 국립중앙도서관 출판시도서목록(CIP)은 e-CIP홈페이지(http://www.nl.go.kr/ecip)와 국가자료공동목록시스템
(http://www.nl.go.kr/kolisnet)에서 이용하실 수 있습니다. (CIP제어번호 : CIP2015013089)

my 는 흐름출판의 생활·예술·에세이 브랜드입니다. Make Your Life, MY!

나와 당신이 행복해지는 시간

이 맛에 요리

셰프 샘 킴 지음

my

누군가의 끼니를 걱정한다는 것은
그 사람에게 마음을 쓰고 있다는 것

지난달 읽었던 한 기사가 아직도 생생하다. 그 기사는 티베트로 발령받은 중국 군인 '인 윤펑Yin Yunfeng'의 사연이었다. 아내를 두고 혼자 떠나는 것이 마음 아팠던 윤펑은 아내를 위한 깜짝 선물을 준비했다. 그것은 바로 요리할 틈이 없을 정도로 바쁜 아내가 1년 동안 먹을 수 있는 음식이었다.

그는 약 1천여 개의 만두와 150리터의 국수 수프, 과자와 간식들을 냉장고와 집 안 곳곳에 숨겨놓았다. 집에 있는 냉장고로는 턱없이 부족해 근처에 사는 친구와 가족들의 냉장고에도 넣어놓았단다. 아내는 남편의 선물에 감동했고, 그 음식을 먹을 때마다 남편과 함께 있는 것처럼 느낀다고 했다. 그 기사를 읽으며 나는 또 한 번 실감했다. 만든 이의 진심이 느껴지는 음식은 언제나 감동적이라는 것을.

누군가의 끼니를 걱정한다는 것은 내가 그에게 마음을 쓰고 있다는 증거다. 부모님과 통화를 하면 제일 먼저 물어오는 말이 '밥은 먹었니?'고, 지인이나 선후배와 만나고 헤어질 때면 '언제 밥한번 먹자'가 인사말이 되었다. 역시 마음을 나누기 가장 쉬운 방법은 음식을 함께 나누는 것이다. 이렇게 우리는 진심을 보여주기 위해 요리를 한다. 아마 그 남자는 1년 치의 음식을 만들면서 행복했을 거다. 사랑하는 사람이 맛있게 먹는 모습을 상상하는 것만으로도 힘이 났을 거다. 힘들게 준비하면서도 오히려 설레는 것, 그것이 바로 요리하는 즐거움, 요리의 힘이다.

'세상 모든 사람이 요리하는 그날까지' 요리의 즐거움을 전파하는 것. 그것이 요리사인 내 삶의 목적이다. 그 도구로 요리책을 내고, 강연을 하고, 방송을 한다. 어쩌다 보니 요즘은 방송일로 제일 바쁘다. 이런 나를 향해 주위에서 걱정하는 시선도 있다는 걸 안다. 주방에 있어야 할 요리사가 너무 방송 맛에 들린 것 아니냐며 우려의 목소리를 전한다. 하지만 나는 당당하게 말할 수 있다. "내가 방송에 출연하는 목적은 언제나 하나다. 요리라는 분명한 목적을 가진 방송이 아니면 절대 출연하지 않는다." 내 삶의 확실한 목적인 '요리의 즐거움'을 알릴 수 있는 곳이라면 나는 어디라도 갈 준비가 되어 있고 지금껏 그래 왔다. 그것은 요리사의 사회적 책임이기도 하다. 그중에서 TV 매체라는 것이 대중 파급력이 높다 보니 내가 방송에만 더 집중하는 것처럼 보일 수도 있다.

사실, 처음 방송을 시작했을 때는 갈등도 있었다. 호기롭게 시작한 방송과 본업인 요리 사이에서 중심을 잡기 힘들었다. 점점 요리에 집중할 수 없을 정도로 바빠졌고, 더 가면 방향을 잃을 수도 있겠다는 위기감에 모든 방송을 접은 적도 있다. 시행착오를 겪으면서 이제 내 나름의 기준도 생겼고, 방송을 하면서 오히려 기운을 얻는다. 그리고 요리하는 맛을 알리기 위해선 주방만 고집해서는 안 된다는 확고한 요리관도 생겼다.

처음 이 책을 준비하기 시작했을 때 내 바람은 남자들을 요리의 매력에 빠지게 만들겠다는 것이었다. 요리가 얼마나 즐거운지, 요리 하나로 주변이 어떻게 달라질 수 있는지를 남자들에게 알려주고 싶었다. 그런데 최근 들어 남자 셰프들이 등장하는 프로그램이 부쩍 늘고, 요리하는 남자가 오히려 유행이 됐다. 하지만 실상은 다르다. 어쩌다 한 번 하는 단발성 이벤트로 끝나고 마는 미미한 수준이다. 이런 현실이 너무 슬프고, 왜 즐거움을 알기 전에 지레 포기하는지 안타깝기까지 하다.

요리는 분명 사람을 긍정적으로 변화시킨다. 사람이 긍정적으로 변하면 주변 사람들의 행복지수도 덩달아 올라간다. 더 나아가 차츰 그 사람의 인생까지 바뀌게 되는 것을 볼 수 있다. 물론 처음부터 큰 변화를 기대할 수는 없다. 작은 마음을 표현하는 것을 시작으로 소소한 변화들이 오고, 그 소소함이 쌓여 삶의 질이 얼마나 더 풍요로워지는지 경험해본 사람은 안다.

나는 이 책을 준비하면서 내 주변과 출판사 사람들 주변에 요리할 것을 권했다. 화려한 식기나 테이블세팅 같은 것에 구애받지 말고 편하게 요리를 해보고, 그것을 기록으로 남겨보라고 했다. 나 역시도 손님을 위해서 하는 요리가 아닌 내가 사랑하는 사람들을 위해 캐주얼하게 요리한 것을 보여주고 싶어 자연스럽게 내 인스타그램의 레시피를 담기로 했다. 이 글을 읽는 독자들도 적극적으로 동참할 것을 권한다. 좋아하거나 먹고 싶은 요리의 리스트를 한번 작성해 보라. 그리고 요리 하나를 완성할 때마다 리스트를 하나씩 지워 보자. 지워진 숫자만큼 경험치가 쌓이고, 시간이 지날 때마다 자신을 둘러싼 에너지들이 더 따뜻하게 변한 것을 생생하게 느낄 수 있을 것이다.

행복한 사람은 곁에 있는 세 명의 사람을 행복하게 만든다고 한다. 그 세 명은 다시 주위의 아홉 사람을 행복하게 만들 것이다. 반대로 불행한 사람은 곁에 있는 적어도 세 명의 사람을 불행하게 만든다고 한다. 당신은 행복한가?

당신의 행불행이 주위 세 사람의 행불행에 큰 영향을 미친다는 것을 이제 알았으니 당신은 행복해질 책임이 있다. 그러니 더 이상 주저하지 말고 행복해지는 첫걸음으로 눈도 입도 사람도 행복해지는 요리를 시작하자.

— CONTENTS —

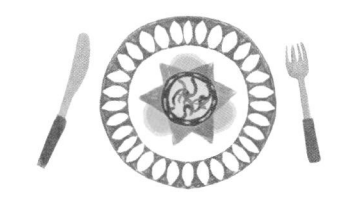

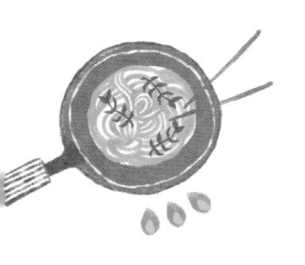

만약 당신이 요리를 한다면,

온 가족이 함께 모여 식사를 할 수 있고

만약 당신이 요리를 한다면,

어떻게 음식이 만들어지는지 알게 되어 건강한 식사를 할 수 있으며

만약 당신이 요리를 한다면,

당신의 집을 특별한 장소로 만들 수 있고

만약 당신이 요리를 한다면,

다른 사람들을 행복하게 할 수 있으며

만약 당신이 요리를 한다면,

사람들은 당신을 기억할 것이다!

매일 라면만 먹는 당신에게

특별한 일이 없는 주말이면 가끔 아내와 함께 TV를 본다. 브라운
관의 세계는 우리와 조금 다르지만 그렇다고 또 완전 다르지 않는
일상을 보여준다. 요리사란 직업병 때문인지, 나는 요리가 나오는
장면은 집중해서 보게 된다. 그러다 한 가지 사실을 알았다. 혼자
사는 남자, 혹은 가족이 있지만 혼자 식사를 해결해야 하는 상황
에서 늘 나오는 장면이 있었다.

남자는 주방을 서성이다 냉장고 문을 열고 그 안을 들여다본다. 그러다 냉장고 문을 닫고 찬장이나 서랍장을 잠깐 뒤적이다 냄비를 꺼내 라면을 끓인다. 혼자 식사를 해결하는 남자의 일상을 보여줄 때, 라면은 너무나 당연한 것처럼 빈번하게 등장해서, 가끔 세상 모든 남자들이 혼자서는 라면밖에 끓여먹을 줄 모른다고 세뇌를 시키는 것 같아 기분이 묘하다.

　라면은 참 재미있는 식품이다. 라면 하나로 너무나 다른 두 개의 세상이 보여지기 때문이다. 그 첫 번째는 뜨거운 라면을 한 젓가락 가득 집어 올려 요즘 대세인 '먹방'을 제대로 보여주는 것이다. 후루룩 넘어가는 꼬불꼬불한 면발은 보는 이의 입에 침이 절로 고이게 하고, 알싸한 국물을 벌컥벌컥 들이킬 때면 내 속이 뻥 뚫리는 듯한 착각마저 든다. 그래서 이미 배가 부른데도 라면 생각이 간절하게 만든다. 화면 속 남자는 온 세상을 다 가진 듯 행복해 보인다. 그렇다. 라면은 가끔씩 먹으면 정말 맛있다.

　두 번째는 주린 배를 채울 수 있는 선택일 때다. 라면 봉지를 뜯다가 면발을 떨어뜨리거나 뜨거운 냄비에 손이 데이기도 하고, 우여곡절 끝에 끓여낸 라면을 김치 하나와 곁들여 먹는다. 그러다 남자는 갑자기 무엇인가에 울컥해서는 젓가락을 내던진다. 이 라면은 남자의 초라한 현실과 지친 마음을 가장 쉽고도 적나라하게 보여주는 하나의 매개다. 그 남자에게 뭔가 따뜻한 요리를 그 남자에게 만들어주고 싶게 만드는 간절함마저 들게 한다.

이런 남자들을 우리 주위에서 어렵지 않게 찾아볼 수 있다는 건 참 슬픈 일이다. 내 지인 중, 이름을 밝히면 항의를 할 게 뻔하기 때문에 생략한다. 내가 알기로 그는 라면 이외의 음식은 단 한 번도 만들어본 적이 없다. 처음 그에게서 그 말을 듣고 조금은 과장이 아닐까 했는데 주변인들의 끊임없는 증언들이 그 사실을 뒷받침했다. 보다 못한 내가 "간단한 레시피 몇 개 알려줄 테니 요리를 한번 해봐."라고 몇 번이고 권유했지만 번번이 거절당했다. 그런데 그 이유라는 게 참 당당하다. "내가 라면밖에 안 끓여서 그렇지 맘만 먹으면 요리사 뺨치게 잘 할 수 있어."였다. 이 턱없는 자신감이 어디서 나오는지 알 수 없었지만 "그렇게 자신이 있는데 왜 안 해? 음식다운 음식 좀 만들어 먹어."라고 나중엔 사정하다시피 말했다. 그러자 그는 너스레를 떨었다.

"너 같은 요리사들이 다 일자리를 잃게 될까봐 그래. 나의 이 어쩔 수 없는 인류애 때문에 하고 싶어도 참고 있는 거야."

그를 비롯한 많은 사람들이 혼자 식사를 '때우기' 위해 지금 가스 불에 라면을 끓이고 있을지도 모르겠다. 각자 무슨 이유를 가지고 있든 간에, 매일 라면만 먹는 당신들에게 말해주고 싶다.

'당신이 먹는 음식이 당신이 누구인가를 말해준다'
(What you eat is who you are)

라면밖에 만들 줄 모른다면, 그 라면만이라도 조금 특별하게 만들어보라고 권하고 싶다. 자신이 좋아하는 다양한 채소를 넣어도 좋고, 냉동실에서 동면 중인 조개류나 생선, 육류를 사용해도 좋다. 만약 당신의 냉장고에 아무것도 없고 귀찮다면 숙주나물과 양파만으로도 특별한 라면을 만들 수 있다. 방법은 아주 간단하다. 평소처럼 라면을 끓이는 동안 숙주나물을 씻어 물기를 빼주고 양파는 곱게 채를 썬다. 라면 불을 끄기 전에 양파를 넣는다. 숙주나물은 빈 라면 그릇에 담고, 그 위에 다 끓은 라면을 부어주면 끝이다. 이 간단한 레시피만으로 태국의 쌀국수 같은 라면을 맛볼 수 있다. 이렇게 간단한 응용만으로도 조금 더 건강하고, 조금 더 특별한 나만의 요리를 만들 수 있다.

요리는 당장의 괴로움, 하루의 지친 마음, 초라한 현실까지 잠시 잊게 만들어주는 최고의 마약이다. 한 번 맛의 쾌락을 알게 되면 그 누구도 쉽게 벗어나지 못한다. 그런데 당신은 우리의 혀가,

몸이, 마음이 원하는 맛의 쾌락을 왜 무시하고 살려고 하는가? 술이나 담배 같은 해로운 것들 앞에서는 자제력을 잃고 순식간에 허물어지면서 왜 이토록 즐겁고 이로운 맛의 중독에는 여러 가지 이유를 대면서 꺼려하는가. 자신을 위해서 맛있는 요리를 먹고 싶다면 요리를 하면 된다.

내가 그런 말을 할 때면 주위에서 이런 푸념들을 늘어놓는다.

"요리할 시간도 없고, 잘할 자신도 없어요."

그건 그야말로 비겁한 변명이다. 평일에는 힘들 수도 있지만 주말까지 시간이 안 날 정도로 바쁜 사람이 몇이나 될까? 또 요리는 자신감으로 하는 게 아니다. 좋은 레시피와 식재료, 조금의 시간만 있다면 충분하다. 요즘 같은 스마트폰 시대에는 의지만 있다면 비싼 가격에 갈 엄두가 나지 않는 고급 레스토랑의 요리에 준하는 레시피도 얼마든지 검색할 수 있다. 조리법만 잘 지킨다면 그럭저럭 스스로 만족할 만한 요리를 충분히 만들 수 있다.

"좀 제대로 된 요리를 해 먹으려면 집에 있는 재료로는 턱도 없고, 이름도 생소한 재료들은 어디서 사야 할지도 모르겠어."

뭐라고? 그런 말도 안 되는 핑계를! 치약이 없어서 양치질을 못하겠다는 사람은 본 적이 없다. 왜냐고? 재료가 없으면 사면 되고, 생소해 보이는 재료도 마트나 시장에 가면 거의 다 구할 수 있다.

치약 하나에도 여러 종류가 있고, 이것저것 써봐야만 자신이 좋아하는 향과 개운함의 정도를 알 수 있듯이 요리도 마찬가지다. 몸에 직접 영향을 미치는 식재료야말로 다양하게 먹어봐야 자신이 좋아하는 맛을 알게 되는 것이다.

"혼자 사는데 손질하기도 귀찮고, 무엇보다 묶음 채소나 재료들은 기본 양이 많아서 태반은 버리게 되니 사두기가 부담스러워."

무슨 그런 무식한 말씀을! 요즘은 싱글족을 위한 세척부터 재료 손질까지 다 된 소량 포장도 많으니 걱정할 필요 없다. 벌크로 파는 경우엔 필요한 만큼만 사면 되고, 냉동고에 적당량씩 포장해 넣어두어도 되는 재료도 많다.

"다 좋은데요, 전 어떤 게 싱싱하고 좋은 물건인지 구별을 잘 못해서 장보기가 힘들어요."

좋은 식재료를 구별하기란 베테랑 주부들도 가끔 실수할 정도로 어렵다면 어렵다. 하지만 그건 최상의 재료를 구해야만 할 경우다. 몇 가지 큰 포인트만 알면 크게 낭패를 보지 않을 것이다.

채소는 색깔이 선명하고 시든 부분이 없고, 흙이 묻어 있는 것이 싱싱하다.

과일은 모양이 예쁘고 윤기가 나고 향이 좋고, 색깔이 진하고 크기가 클수록 비싸지만 맛있다.

생선은 눈알이 투명하게 맑고, 아가미 색깔이 붉고 탄력이 있어 보이는 것이 신선하다.

육류는 색깔이 선홍색이고 가능한 도축한 지 5일을 넘기지 않는 것을 사는 게 좋다.

이제 당신은 요리를 하기 힘든 여러 가지 봉인해두었던 이유들에서 해제되었다. 그렇다면 무엇부터, 어떻게 해야 할까?

제일 먼저 당신이 먹고 싶은 요리를 머릿속으로 그린다. 당신의 맛의 경험치에 맞는 요리들이 떠오를 것이다. 그중 원하는 것을 선택한다.

먹고 싶은 요리를 선택했다면 레시피를 검색해보자. 나만의 레시피가 있다면 좋겠지만 아니라면 컴퓨터나 스마트폰, 요리책 등을 이용해 수많은 레시피 중에서 자신이 가장 끌리는 것을 선택하면 된다. 그 레시피에 필요한 식재료는 메모지에 따로 적는다.

그 다음 할 일은 주방 서랍과 냉장고에 무엇이 있고, 무엇이 없는지 체크한다. 이때 식재료의 유통기간이 지났거나 상한 것들은 주저 없이 전부 버려라. 상한 것들은 다른 싱싱한 식재료까지 오염시킨다. 단지 그것으로 끝나면 좋겠지만 냉장고를 곰팡이 배양고로 만들 수도 있다.

　모든 체크가 끝났으니 이제 장바구니를 챙길 때다. 환경에도 나쁜 폐비닐을 계속 집 안 곳곳에 굴러다니게 하고 싶지 않다면 에코백 하나는 장만하는 것이 좋다. 그럴 것도 없이 당신의 집에는 분명 장바구니로 대체 가능한 가방 하나쯤은 꼭 있을 거라고 장담한다.

　자, 이제 나만의 혹은 내 가족을 위한 당신의 장보기는 지금 시작된다. 혼자가도 좋지만 친구나 연인, 가족과 함께 간다면 그 즐거움은 배가 될 수 있다. 그러나 당신이 꼭 기억해야 할 것이 있다. 남자인 당신이 오늘의 셰프라는 것. 그러니 절대 신성한 장보기의 주도권을 같이 간 사람에게 뺏기면 안 된다. 셰프는 요리를 만드는 것뿐만이 아니라 모든 식재료부터 테이블 세팅까지 완벽하게 숙지하고 장악해야 한다. 만약 당신이 혼자라면 당연한 것이겠지만 아내나 가족이 있다면 당신의 변신을 분명 반가워할 것이다.

WHY DO I COOK :

내가 요리하는 이유

by. Sam kim

It's worthy to sweet! 나는 내가 만든 음식에 감탄한 적이 많지 않다. 그런데 이 방울토마토는 내가 키워낸 아이들(방울토마토)이라서가 아니라 정말 당도가 어마어마하다! 밭에서 따온 방울토마토와 모차렐라치즈, 올리브오일, 소금, 후추만으로도 Good! Good! 심플하지만 이렇게 맛있는 이유는 아마도 원재료의 위대함 때문일 듯. 땀과 시간 그 어떤 것 하나도 아깝지 않다.

건강한 싱글 샐러드

재료

방울토마토(20개), 모차렐라치즈(200g, 1개), 생바질(3잎), 올리브오일(3큰술),

레몬(1/2개), 소금

조리법

1) 방울토마토를 2등분과 4등분으로 자른다.

2) 모차렐라치즈를 방울토마토 크기에 맞춰 자르고, 믹싱볼에 미리 썰어 둔

　　방울토마토와 함께 넣어준 뒤 소금과 올리브오일, 레몬즙을 넣고 골고루

　　섞어준다. 마지막으로 생바질을 넣어준다.

나만의 레시피 노트

레스토랑을 운영하다 보면 자연스럽게 단골이 생기기 마련이다. 처음에는 낯이 익어지다 차츰 인사를 하게 되고, 인사를 나누다 보면 나와 취향이나 기호가 비슷한 사람들과는 급속도로 친해지기도 한다. 어쩌다 한가한 날이나 브레이크타임 직전에 그런 단골들과 마주치면 종종 가벼운 이야기를 나눈다.

어느 날, 런치타임이 시작되기 전이었다. 어느 매체와의 인터뷰를 끝내고 일어서려는데 단골인 S가 들어왔다. 다른 손님이었으면 레스토랑 오픈 시간을 알려주며 잠시 뒤 방문해달라고 정중하게 양해를 구했겠지만 S는 나이도 비슷하고 가끔 SNS로 서로 댓글을 남기는 사이라 이런저런 이야기를 나누기 시작했다. 그러다 갑자기 S가 뜬금없이 물었다.

"연애할 때 여자 친구한테 어떤 음식을 만들어줬어요? 제일 반응이 좋았던 음식은 뭐였어요?"

나는 치즈 김치볶음밥이 떠올라 단박에 웃음부터 났다.

"그땐 반응이 좋았다고 생각했는데 알고 보니 억지로 먹어준 음식이 있긴 해요. 그건 갑자기 왜 물어요?"

S는 나름 심각한 표정이었다.

"한 달 전부터 내가 만든 요리를 먹고 싶다며 조르는데 죽겠어요. 유명한 맛집에서 사주겠다는데도 싫다고 하고…. 왜 그러는 걸까요?"

나는 S의 여자 친구 마음이 어느 정도는 짐작이 갔다.

"여자 친구가 요리를 해주거나 도시락 같은 것을 만들어준 적 있어요?"

"아주 가끔요."

"그때 어땠어요?"

"당연히 좋죠! 날 위해 뭔가를 만들어준 것이 고맙고 예뻐 보이잖아요."

"여자 친구도 마찬가지 아닐까요? 돈만 내면 누구나 먹을 수 있는 것 말고 남자 친구가 자기만을 위해 직접 만들어준 요리라니…. 왠지 로맨틱하잖아요."

S는 정색을 했다.

"그건 제가 요리를 잘할 때나 그런 거죠. 기껏 만들었는데 맛이 없으면 저만 헛수고한 셈이고, 아마 여자 친구도 별로 안 좋아할 거예요."

누군가를 위해 한 번도 요리를 해보지 않은 사람은 요리를 하면서 느끼는 설렘이나 즐거움을 잘 모른다. S도 마찬가지였다.

"맛이 없어도 여자 친구는 분명 좋아할 걸요? 누군가를 위해 요리를 하면 요리하는 동안 끊임없이 그 사람을 생각하게 돼요. 어떤 요리를 만들어주면 제일 좋아할까, 이 맛을 좋아할까, 어떻게 담아내면 더 예쁘다고 할까, 요리를 내놓으면 어떤 반응을 보일까, 그런 생각들을 끊임없이 해요. 여자 친구도 당신한테 요리를 해주면서 그랬을 걸요. 그렇게 끊임없이 자기를 생각하면서 만들어준 요리인데 맛 좀 없는 게 문제겠어요? 맛까지 좋으면 더 좋겠지만요."

"그런 거예요? 그럼 결국 한 번은 요리를 해야 한다는 건데….

할 줄 아는 요리가 없어요. 뭐 추천해줄 만한 거 없어요? 간단하면서도 폼 나는 요리로요!"

나는 어떤 요리를 추천할지 잠깐 고민하다 인터뷰용으로 준비했던 예전 레시피 노트를 뒤적였다. S는 신기한 것을 본 것처럼 눈을 떼지 못했다.

"와! 이게 말로만 듣던 셰프의 비밀 레시피 노트? 꼭 마법서를 보는 것 같네요."

"요리를 좋아하는 사람은 이런 노트 많이 만들어요. 자기만의 레시피가 많이 모이면 가끔 책으로 내기도 하고. 그러니 여자 친구한테 요리 한 번 만들어주는 것으로 끝내지 말고 가끔 해봐요. 하다 보면 요리 솜씨도 늘어요."

"여자 친구가 좋아하면 한번 도전해보죠."

나는 초보가 하기 좋은 요리만 생각하다 노트에 있는 '발사믹 마리네이드 스테이크' 레시피를 발견하고 '이거다' 싶었다. S의 요리 실력은 초보지만 사랑하는 사람에게 처음 만들어주는 요리인 만큼 근사해야 한다. 단 하나의 요리를 내놓아도 허전하지 않은 것, 스테이크처럼 좋은 것도 드물다. 비교적 간단하면서도 가벼운 샐러드와 와인만 곁들이면 훌륭한 만찬이 될 수 있기 때문이다. 거기다 육류 요리를 함께 먹으면 서로 호감도가 높아진다는 말도 있다. S는 처음에는 자신 없는 표정으로 망설이는 듯 했지만 곧 한층 홀가분해진 얼굴이었다.

갑자기 누군가에게 메뉴 추천을 부탁받을 때, 바로 생각나는 경우가 많지만 그날처럼 잠시 고민하게 되는 경우도 더러 있다. 그럴 때 들춰볼 수 있는 나만의 레시피 노트가 있다는 것은 천군만마를 늘 곁에 두고 있는 것처럼 여간 든든한 일이 아니다.

내 책장에는 요리를 처음 시작했을 때부터 쓰기 시작한 레시피 노트부터 지금까지 쓴 모든 레시피 노트가 꽂혀 있다. 두 달에 한 권 정도의 레시피 노트가 만들어지고, 일 년이면 예닐곱 권의 노트가 쌓여 마흔 권 정도가 된다. 스케치북 같이 생긴 이 노트는 나의 성장 과정이자 요리사로서의 역사다.

나는 요리에 관한 아이디어가 떠오르면 무엇이든 쓰거나 그렸다. 어디를 가더라도 늘 이 노트를 들고 다니며 레시피를 기록하는 것이 이제 습관이 되었다. 낙서를 하더라도 꼭 거기에 한다. 내가 쓴 레시피 노트지만 볼 때마다 신기하다. 가끔 시간 순서대로 노트를 넘겨보면 다른 사람들 눈엔 낙서처럼 보일 그림 실력이 시간이 지나면서 차츰 늘어가는 과정을 볼 수 있다. 식재료의 형태가 또렷해지고, 색깔까지 다양하게 덧입혀진 아이디어 그림들은 차츰 하나의 요리처럼 보인다. 그리고 어느 순간부터는 하나의 완성된 메뉴가 되고, 언제든 손님에게 내놓아도 부끄럽지 않을 근사한 요리 레시피로 완성된다. 이 노트에 기록된 조리법과 그림들은 마치 요리사로서의 내 성장을 대변하는 것 같다.

 이제 막 요리를 해보겠다고 마음을 먹은 당신이라면 '나만의 레시피 노트'를 만들어보길 권한다. 누구나 처음은 허술하고 엉성할 수밖에 없다. 요리사인 나조차도 그랬으니 이제 요리를 시작해보겠다고 결심한 당신은 더할 것이다. 나처럼 요리사가 되겠다는 것도 아닌데 무슨 레시피 노트씩이나 필요할까 생각할 수도 있다. 하지만 요리를 하다 보면 실패를 통해 문제점을 발견하기도 하고 기존에 있는 좋은 레시피가 내 입맛에는 별다른 감흥을 주지 않는다는 것을 알게 될 수도 있다. 그때 기존 레시피에 어떤 식재료와 양념을 더하거나 빼는 게 더 맛있겠다는 나만의 맛이 생겨나는 것이다. 그 식재료와 조리법을 노트에 기록하다 보면 어느 순간에 가서는 며느리도 손자도 모르는 나만의 비법이 담긴 레시피북이 만들어진다.

 어렵게 생각할 필요 없다. 먼저 넘기기 쉬운 스프링 노트나 집에 있는 새 노트 하나를 준비한다. 거기에 그날 당신이 요리하려고 하는 음식의 레시피를 적는다. 웹사이트에서 검색을 하거나 이미 알고 있다면 그대로 옮기면 된다. 어쩌면 당신의 집에도 가족 누군가가 사놓은 요리책 한 권쯤은 있을지도 모르겠다. 아니라면 서점에서 마음에 드는 요리책을 골라 사두는 것도 한 방법이다. 본격적으로 이탈리아 요리에 도전하고 싶다면《The Silver Spoon》(Phaidon, 2011)이라는 책이 좋다. 이탈리아 요리의 기본적인 것부터 퓨전, 이탈리아 요리의 전반적인 것을 총망라해놓은 책이다. 잡지로는 나도 구독하고 있는《Food & Wine》을 추천한다.

나처럼 꼭 그림을 그릴 필요도 없다. 요리 이름을 크게 적고, 그 아래 식재료와 양념의 분량을 적는다. 그 다음엔 조리 순서에 따라 차례로 조리법을 적어나가면 된다. 이것은 기존에 있는 레시피다.

조리법을 다 썼다면 일단 노트를 옆에 두고 본격적인 요리를 시작한다. 순서와 분량을 잘 지켜 요리를 끝냈다면 이제 맛을 볼 시간이다. 상상했던 맛과 어떻게 다른지, 당신이 생각하기에 과하거나 부족한 조리법이나 재료들을 체크해 다시 기존 레시피에 첨가해 쓴다. 누군가와 함께 먹었다면 그들의 의견을 써넣을 수도 있다. 그러면 이제 당신만의 첫 레시피가 생겨난 것이다.

요리를 할 때마다 이런 과정을 거치는 것이 번거롭거나 귀찮게 느껴질 수도 있다. 하지만 따져보면 10분을 넘지 않는 시간만 투자하면 된다. 그 10분으로 다음에는 실패 확률보다 성공 확률이 훨씬 높은 레시피를 확보하게 된다. 그래도 귀찮다는 당신은 진정한 게으름의 레전드다.

혹 누군가 딴죽을 걸 수도 있다.

"무슨 대단한 조리법이라고, 한 번 해먹었던 것인데 바로 잊기야 하겠어? 난 안 보고도 얼추 비슷하게 만들 자신 있어."

브라보! 당신의 말대로 된다면 당신은 요리에 상당한 재능을 가지고 있다. 한번쯤 심각하게 요리사가 될 미래를 계획해보길 바란다. 대부분의 사람들, 특히나 요리를 거의 처음 접하는 남자라면 이런 요행을 바라지 말라고 경고하고 싶다. 사람의 기억력은 크게 신뢰할 만한 것이 못된다. 왜곡도 심하고 중간 과정은 아예 통째로 날아가버리기도 한다. 나 같은 경우엔 건망증이 심해서 방금 들은 이야기도 잊어버리는 경우가 일쑤다. 이럴 때 메모지나 노트는 큰 도움이 된다. 마찬가지로 당신이 만든 레시피는 노트에 차곡차곡 쌓인다. 당신이 요리하고자 하는 마음만 먹는다면 언제든 오늘의 요리를 추억과 함께 소환할 수 있다.

내 책장에 꽂혀진 레시피 노트 옆에는 요리를 공부하면서 샀던 책들도 함께 꽂혀 있다. 다시 그 책을 꺼내 볼 때 이런 걸 왜 샀을까 하는 의문이 드는 책도 있다. 그러면서 자연스럽게 그 책을 샀던 날의 기억을 어렴풋이 떠올려본다. 한참만에야 "아, 그때는 이런 기분이었구나.", "맞아! 그 당시에는 이런 것에 관심이 많았었지." 하고 그 당시의 느낌과 생각들을 비슷하게나마 그려볼 수 있다. 선물을 받거나 돈을 주고 산 책에도 그런 추억들이 묻어 있는데 당신의 손으로 직접 쓴 레시피 노트는 그것과는 비교할 수도 없는 즐거움을 선사할 것이다. 사진까지 찍어 저장해놓는다면 금상첨화다.

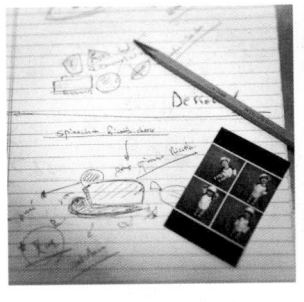  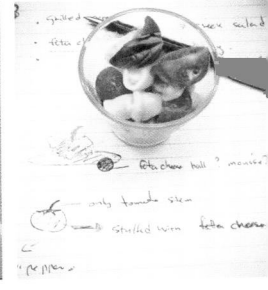

당신이 만든 레시피는 노트에 차곡차곡 쌓인다.

당신이 요리하고자 하는 마음만 먹는다면

언제든 오늘의 요리를 추억과 함께 소환할 수 있다.

IF YOU COOK

만약 당신이 요리를 한다면

사랑을 전할 수 있다.

모든 스포츠를 좋아하고 즐겨하는 정훈 씨가

그런 자신을 잘 이해해주고 좋아해주는

여자 친구 연주 씨를 위해 직접 만든 스테이크.

오늘은 내 인생에서 상상도 못할 만한 일을 했다. 바로 요리를 한 것! 무뚝뚝하고 스포츠밖에 모르는 바보인 내가 여자 친구를 위해서 스테이크를 만들었다.

요리를 하게 된 계기는 단순하다. 자존심을 건드리는 친구의 한 마디가 나를 요리하게 만들었다.

자취를 하고 있는 나는 예쁜 접시는커녕 제대로 된 식기구도 없어 본가에 가서 요리를 했다. 누나의 넘치는 잔소리를 들으며 매시포테이토도 만들고, 채소도 굽고, 스테이크도 구웠다. 혼자서는 절대 할 수 없을 것 같아 아예 세팅까지 해서 집에 가져왔다.

나름 분위기 있게 테이블 세팅도 하고 그녀를 기다렸다.

이 요리를 본 그녀가 어떤 표정을 지을지 궁금하기도 하고, 맛은 괜찮은지 걱정도 됐다. 요리를 해놓고 그녀를 기다리던 그 순간, 새삼 그녀를 정말 사랑하고 있음을 깨달았다.

EPISODE #03

더 근사하게, 때론 폼 나게

어떤 집에 식사 초대를 받아 갔을 때, 오래도록 기억나는 몇 가지
가 있다. 그날의 분위기와 요리의 맛 그리고 함께한 사람들이다.
어떤 이는 집을 어떻게 꾸며놓았는지를 먼저 본다고 한다. 그러면
평소에는 잘 보여주지 않던 그 사람의 내면을 조금 더 알 수 있어
서 즐겁다는 것이다. 집은 곧 그 집주인의 성격과 취향의 반영이
어서 그 사람이 감추고 싶어 하는 것까지도 조금은 짐작할 수 있
다고 한다. 하지만 나는 그런 것들을 꿰뚫어볼 수 있는 심미안도

없고, 보여주기 싫은 내면을 일부러 찾아보고 싶은 생각도 없다. 그냥 그 자리가 즐거웠느냐 아니냐가 중요하고, 직업상 다른 사람들은 무엇을 만들어 먹는지에 더 관심이 간다. 실제로 특별한 식재료나 요리법을 보게 되면 다른 것은 깡그리 잊는 편이다. 난 요리에 대한 것 빼고는 기억력이 좀 좋지 않다. 잘 차려진 식탁을 보면 '와!' 하는 감탄사와 함께 오로지 식탁에 집중한다.

몇 년 전, 아는 사람 집에 초대를 받아 갔던 적이 있다. 당시만 해도 그렇게 친한 사이는 아니었는데, 어쩌다 그 집에 가게 된 것인지는 잘 기억나지 않는다. 그러나 그 집의 식탁은 아직도 선명하게 머릿속에 남아 있다. 그것은 한마디로 비주얼 쇼크였다.

드라마 〈파스타〉로 이름이 막 알려지기 시작한 때였던 것 같다. 초대를 해준 분은 내가 '보나세라' 총괄 셰프라는 것과 배우 이선균 씨가 연기한 최현욱의 실제 인물이라는 것을 지나치게 과장해서 가족들에게 이야기한 듯했다. 마치 유명 인사를 대하듯 너무 격하게 반겨주셔서 나는 몸 둘 바를 모를 정도로 당황스러웠다. 과한 대접을 받게 되면 즐겁기보다 조심스러워지기 마련이다. 그때의 내가 딱 그랬다. 현관문을 들어서서 주방으로 향하는 동안 당황한 티를 내지 않으려고 어찌나 긴장을 했던지 내 입에서 나오는 말은 하나 같이 두서가 없었다. 그러는 사이 문제의 주방에 도착했다.

식탁을 본 순간 입이 자동으로 벌어졌다. 일반 가정집에서는 좀처럼 보기 어려운 화려한 식탁에 입이 다물어지지 않았다. 식탁은 말 그대로 컵 하나 더 놓지 못할 정도로 진수성찬이었다. 어쩌면 내가 셰프라는 것이 그 분에게는 일종의 압박이었는지도 모르겠다. 최대한 멋지게 대접하겠다는 결연한 의지 같은 것이 식탁에 그대로 드러났다. 어떤 이가 말한 집주인의 내면, 뭐 그런 것이 대놓고 보인 흔치 않는 경험이었다.

식탁에는 여러 종류의 식기들이 올라와 있었다. 산딸기 문양이 유명한 영국 웨지우드 Wedgwood 와 대중적인 인기를 끌고 있는 포트메리온 Portmeirion, 붉은색과 푸른색으로 동그라미 패턴을 넣은 화려한 폴란드 마뉴팍투라 ManuFaktura 식기들까지. 크기도 모양도 모두 제각각인데 거기다 색깔도 다양하다. 문양까지 전부 있는 것들이라 보고 있는 것만으로도 정신이 하나도 없었다. 집에 있는 좋은 식기들은 모두 내놓은 것 같았다. 그때는 어려운 사이라 아무 말도 못하고 대접만 받고 돌아왔다.

나중에 그 가족들과 꽤 친해져서 그날 일을 종종 이야기하곤 했다. 소장한 그릇들이 꽃문양이나 예쁜 모양의 접시들이어서 소녀

감성인 줄 알았는데 친해지고 보니 성격이 전혀 딴판이었다. 오래 다니던 직장을 그만두고 본격적인 주부생활을 시작한 지 당시로 는 갓 5개월도 안 된 상태였고, 그릇들도 주변 사람들의 추천으로 샀던 것뿐이었다. 요리에 관심도 없고 잘하지도 못해서 그날 음식 도 대부분 사온 것이라고 했다. 어느 순간부터 요리가 좋아지더니 요즘은 부쩍 솜씨도 좋아져서 손님 치를 일이 많아졌다며 은근히 피곤함을 자랑삼아 이야기한다. 그리고 가끔은 "어르신들을 모실 일이 있는데 상차림은 어떤 게 좋아요?", "동창들과 가벼운 파티 를 여는데 어떻게 하는 게 좋을까요?" 하고 물어온다.

식사 초대를 하면 이왕이면 손님들에게 더 근사하고 더 폼 나게 먹이고 싶은 욕구는 남녀가 다르지 않다. 하지만 과한 욕심은 화 를 부른다. 화려한 제각각의 접시들이 빼곡하게 들어찬 식탁은 파 티 분위기를 내는 데 좋아 보일 거라고 생각하겠지만 오히려 먹는 즐거움을 방해할 수 있다.

테이블 세팅은 모임의 성격, 장소, 식사의 형식에 따라 달라진 다. '보기 좋은 떡이 먹기에도 좋다'는 우리 속담처럼 이왕이면 약 간의 격식을 차려 먹으면 좋다. 예쁘게 세팅된 식탁은 요리의 맛 과 즐거움을 두 배로 늘려주는 효과가 있기 때문이다. 하지만 테이블 세팅의 기본은 먹는 사람이 편안하고 즐겁게 식사할 수 있도록 배려하는 마음이라는 것을 잊어서는 안 된다.

보통 손님을 초대할 때는 테이블 세팅에 신경을 쓰지만 가족이나 특히 혼자서 식사를 할 때는 냉장고에 있는 그릇들을 그대로 식탁에 놓고 먹는 경우가 많다. 손님은 대우하면서도 자신에게는 인색하다. 이는 아주 슬픈 일이다. 가끔씩이라도 스스로를 대접하는 마음으로 접시 하나만 신경 써서 내놓는다면, 별다른 요리가 아니라도 뭔가 더 좋은 식사를 한 듯 위로를 받을 수 있다.

테이블 세팅이라는 말에 당신은 벌써부터 머리가 지끈거릴 수도 있다. '그렇게 손이 많이 가고 귀찮은 일을 꼭 해야만 하는 걸까' 하고 생각할 수도 있다. 하지만 미리 걱정할 필요는 없다. 그런 일은 아마도 일 년에 고작 다섯 번도 일어나지 않을 확률이 훨씬 높다. 그리고 거창한 식사를 준비하는 것이 테이블 세팅이라는 것과 꼭 식탁에서 먹어야 한다는 고정관념은 버려야 한다. 테이블 세팅은 거창하게 할 수도 있지만 자기 집안 사정에 맞게 간소화할 수 있다. 샌드위치 같은 아주 가벼운 식사인 경우에는 트레이 위에 내갈 수도 있고, 야외나 베란다에서도 먹을 수 있다. 그 모든 것이 테이블 세팅이 될 수 있다. 물론, 기본적인 테이블 세팅 하나 정도는 알아둬서 나쁠 건 없다.

테이블 세팅이란 식탁보와 식기류, 나이프와 포크, 스푼 같은 커트러리Cutlery, 향초나 꽃 같이 식탁을 장식하는 센터피스Centerpiece 등을 모두 포함한 것을 말한다. 테이블을 세팅하기 위해서는 그날 어떤 요리를 내놓느냐가 중요하다. 한식이냐 양식이냐에 따라 식기류를 배치하는 것이 다르고, 이것에 맞춰 스타일링이 달라진다.

요리는 여러 종류를 만들어 무엇이 메인인지 알기 어려운 것보다 하나의 메인을 정하고 거기에 어울리는 서브 요리들을 준비하는 것이 좋다. 화려한 식기나 테이블 장식이 지나칠 때에도 요리에 집중할 수 없다. 작은 꽃병이나 화분, 계절이나 집 분위기에 어울리는 캔들 한두 개로도 충분하다. 식사 전후로 마실 수 있는 가벼운 음료나 과일을 미리 준비해놓는 것도 좋다.

음식을 더 돋보이게 하기 위해서는 심플한 민무늬 그릇이 좋다. 대부분의 레스토랑에서 깨끗한 화이트 식기를 쓰는 것에는 다 이유가 있다. 만약 강조하고 싶은 요리가 있다면 색깔이 있거나 화려한 문양의 그릇 몇 개만으로도 충분하다. 대신 테이블에 초 한두 개와 작약 같은 화려한 꽃으로 장식하면 정갈하면서도 고급스러운 분위기를 낼 수 있다. 가지고 있는 식기가 화려하면 여러 벌을 뒤섞어 쓰지 않도록 하고 백합처럼 심플한 꽃을 사용하는 게 좋다. 촛대도 심플한 것이 좋다. 이때 초는 향기가 있는 것을 사용하지 않도록 한다. 자칫 음식 냄새와 뒤섞여 오히려 불쾌감을 줄 수 있다.

　개인 블로그나 잡지 등을 보면 테이블 세팅에 관한 많은 정보들을 얻을 수 있다. 하지만 너무 그것들에 의존하다 보면 오히려 자신의 색을 찾기도 어렵고 자신의 집 분위기가 안 어울려 어색할 수도 있다. 내 집에 어울리고 내가 좋아하는 방향으로, 전문가들이 말하는 중요한 포인트가 무엇인지만 찾으면 된다. 그마저 어렵다면 모든 곳에 잘 어울리는 하얀 식탁보, 정갈한 음식 몇 종류, 꽃 한 송이도 좋다. 이렇게 완성된 테이블에 앉아 식사를 하면 본래의 음식 맛보다 더 맛있는 식사를 한 것만 같은 느낌을 준다.

　여럿이 아닌 혼자서라도 더 근사하고 폼 나는 식탁에 스스로를 초대하자. 그러면 자신이 생각하는 것보다 더 멋진 당신의 모습을 발견할 수 있을 것이다. 자신을 더 폼 나게, 혹은 더 초라하게 만들 수 있는 것은 결국 자신 스스로라는 것을 잊지 말아야 한다.

가끔씩이라도 스스로를 대접하는 마음으로

접시 하나만 신경 써서 내놓는다면,

별다른 요리가 아니라도

뭔가 더 좋은 식사를 한 듯

위로를 받을 수 있다.

1. 테이블클로스

국이나 찌개, 물김치처럼 국물 요리가 많은 한식은 테이블보를 깔지 않는 것이 좋다. 국물을 흘릴 경우 오히려 지저분해 보이고 손님들도 국물을 흘릴까봐 신경을 쓸 수 있다. 대신 중앙에 러너를 깔거나 조각보 냅킨을 쓰는 것도 방법이다.

2. 식기류와 커트러리

식기류는 작은 무늬가 있거나 단색이 좋다. 일반적으로 도자기나 질그릇이 가장 좋고, 다른 색 접시를 한두 개 두어 포인트를 준다. 한식은 반찬 그릇이 많은 편이라 복잡할 수 있으니 기본 반찬 그릇은 사각을 쓰는 것도 한 방법이다. 일반적으로 숟가락과 젓가락만 사용하기 때문에 커트러리를 많이 신경 쓸 필요 없다. 대신 독특한 수저받침으로 조금 멋을 낸다.

3. 컵

한식은 그릇들이 대부분 낮은 것이라서 목이 긴 물컵을 사용하면 좋다. 와인 잔처럼 조금 색다른 컵을 사용하면 개성을 살릴 수 있다. 질그릇을 사용한 경우 같은 종류의 물컵을 사용하면 통일감을 준다.

4. 센터피스

호리병에 대나무나 벚꽃, 나뭇가지 서너 줄기를 꽂거나 작은 수반에 가지를 짧게 자른 국화나 동백꽃을 꽂아두면 멋스럽다. 작은 화분을 두는 것도 좋다.

5. 식전 음료

손님들이 도착하기 전에 따뜻하거나 미지근한 차를 준비해둔다.

혼자 하는 요리 쇼

나는 혼자가 싫다. 혼자서 먹는 밥은 더더욱 상상하기도 싫다. 연습을 위해서 혼자 요리를 하고 혼자 맛을 보는 것과는 다르다. 그래서인지 나는 혼자 식당에 들어가서 밥을 먹은 기억이 없다. 배가 고파도 혼자 식당에 들어가는 대신 굶는 쪽을 택한다. 어쩌면 이런 나를 보고 아직 배가 덜 고파봤기 때문이라고 말할 수도 있을 것이다. 하지만 혼자서 밥을 먹으면 꼭 체할 것 같다. 그런데 이런 생각을 나만 하는 것이 아니라는 것을 알게 되었다.

혼자 밥 먹는 영상을 실시간으로 인터넷에 보여주는 일명 '먹방'이 유행이다. 스타도 아니고, 유명인이나 지인도 아닌 모르는 사람이 밥 먹는 영상을 누가 볼까 싶었다. 그런데 그 인터넷 방송을 보는 사람들이 하루에 15만 명에 이른다고 한다. 그중 어떤 사람들은 이 독특한 쇼를 재미삼아 보겠지만 어떤 사람들은 혼자 밥을 먹어야 하는 울적함과 서글픔을 이 '먹방 쇼'를 보면서 해소하려는 게 아닐까 싶다.

방송 시간에 맞춰 식사 준비를 하고 컴퓨터 앞에 앉아 쇼 자키가 밥 먹는 영상을 보면서 자신도 같이 밥을 먹는다. 맛있게 먹는 쇼 자키의 모습을 보면 저절로 식욕이 당기면서 누군가와 같이 밥을 먹는 느낌이 들어서 덜 외롭다고 한다. 그러다 보니 이제는 자연스럽게 인기 먹방 자키도 생기고 그 방송으로 수입을 얻는 사람들도 생겨났다.

왜 우리는 혼자 먹는 일이 이렇게 부자연스럽고, 쓸쓸하고, 힘들게 느껴지는 것일까? 1인가구가 많은 일본만 해도 혼자 밥 먹는 일이 자연스럽게 받아들여지고 있다고 하지만 독서실처럼 칸막이로 분리된 1인용 식당들이 생겨나는 것을 보면 혼자 먹는 자신을 누군가 본다는 것이 불편하기는 마찬가지가 아닐까 하는 생각도 든다.

혼자서 밥을 먹는다는 것은 이제 외로움의 문제만이 아니다. 혼자다 보니 대충 먹거나 인스턴트 식품을 자주 먹게 되고, 기름진 배달 음식에서 생기는 부작용이 더 심각하다. 혼자 먹는 밥상이 몸과 마음에 끼치는 영향에 대한 방송을 한 적도 있었는데 결과는 놀라울 정도였다. 혼자 밥을 먹는 사람은 그렇지 않은 사람보다 수명이 짧고, 탈선도 많고, 성적도 좋지 않다는 연구 결과가 나왔다고 한다. 거기다 전문가들은 혼자 밥을 먹는 사람의 경우 비만이나 영양실조, 심근경색에 정력 감퇴 같은 질병에 걸릴 확률이 높다고 충고한다.

혼자 먹을 경우 인스턴트 음식을 섭취하는 확률이 높아서 과도한 열량과 나트륨을 섭취하게 되고, 그 결과 고혈압과 당뇨병에 노출되기 쉽다. 또한 혼자 말없이 먹다 보니 씹지도 않고 급하게 먹어 역류성 식도염과 위염이 걸릴 확률도 높아진다고 한다.

먹는 일이 연일 왜 이렇게 화제가 되는 걸까? 무엇을 어떻게 먹느냐에 따라 삶의 질이 달라지기 때문이다. 여기서 중요한 핵심은 '혼자 먹는 문제'가 아니라 '혼자 대충 먹는 문제'다. 혼자 대충 먹는 이유는 아마도 혼자 먹는 것이 즐겁지 않기 때문일 것이다. 이유를 모른다면 방법을 찾기 어렵지만 우리는 이미 이유를 알고 있다. '즐거움'만 충족된다면 '혼자'라는 것은 이제 문제될 것이 없다. 그럼 어떻게 먹어야 즐거울까?

나는 한 가지 방법을 제안하고 싶다. 한번쯤 본인 스스로가 요리 쇼의 셰프가 되어 쇼를 진행해보라는 것이다. TV에서 한 번쯤은 요리 쇼를 본 적이 있을 것이다. 그 쇼의 셰프처럼 자신의 주방에서 요리 쇼를 진행을 하면서 요리를 하다 보면 훨씬 즐거운 식사를 할 수 있다. 한 번도 요리 프로그램을 본 적이 없는 사람들을 위해 간단하게 시범을 보일까 한다.

자, 오늘은 간단하면서도 영양가 만점인 참치캔 샐러드를 만들어보겠습니다.

먼저 참치캔 샐러드 준비물을 살펴보면 참치캔 한 개와 감자 하나, 삶은 달걀 하나, 완두콩 열 알, 빨간 양파 반 개, 블랙올리브 세 개가 필요합니다.

이 샐러드에 뿌릴 드레싱도 필요한데요, 재료는 레몬 한 개, 올리브오일 네 큰 술, 꿀 한 큰 술, 소금과 후추 약간이 들어갑니다. 이 재료들은 조금만 큰 슈퍼에 가도 다 구입할 수 있어요. 완두콩이나 블랙올리브 같은 재료들은 전부 통조림으로 파니까 한 번 구입하시면 다른 요리에도 사용하실 수 있습니다.

만약 빨간 양파를 구하기 힘드시다면 흰 양파로 대체하셔도 됩니다.

그럼, 이제부터 요리를 시작해볼까요?

먼저 빨간 양파를 얇게 썰어서 매운 맛이 빠지게 얼음물에 30분 정도 담가둡니다. 그 다음은 시간이 많이 걸리는 달걀을 찬물에 넣고 약 15분간 완숙으로 삶습니다. 달걀이 삶아지는 동안 참치캔을 따서 참치를 체에 밭쳐 기름을 제거해주세요. 감자는 껍질을 벗겨서 여덟 등분으로 잘라 소금물에 익힙니다. 블랙올리브는 원형모양을 살려서 얇게 썰어둡니다.

이제 달걀이 다 삶아졌으니 재빨리 찬물에 담가 열기를 식혀주세요. 그래야 껍질이 잘 까져요. 감자는 너무 많이 익히면 살이 풀어지니까 유의하세요. 젓가락으로 살짝 찔렀을 때 쑥 들어가면 다 익은 상태에요. 이때 완두콩을 같이 넣어서 살짝 익혀준 다음, 남은 물을 따라버리고 열기를 잠깐 식혀주세요. 빨간 양파도 체에 밭쳐 물기를 완전히 제거해주세요. 만약 물기가 잘 빠지지 않는다면 키친타월로 살짝 눌러서 가볍게 물기를 제거해주세요.

이제 드레싱을 만들 차례입니다. 적당한 믹싱볼을 준비하시고, 레몬즙 두 큰 술과 꿀을 넣고 천천히 올리브오일을 넣으면서 골고루 섞어주세요. 꿀과 올리브오일은 취향에 따라 조절하시면 되는데 너무 달거나 느끼할 수도 있으니 레몬즙보다 절대 많이 넣지 않도록 합니다. 여기에 소금과 후추로 간을 해주시면 됩니다.

자, 이제 조리가 다 완성되었으니 그릇에 예쁘게 담아보죠. 샐러드 볼에 감자와 콩, 달걀, 참치, 양파, 올리브오일을 넣습니다. 마지막으로 그 위에 드레싱을 뿌려 골고루 섞어주면 끝!

이제 나를 위해 준비한 참치캔 샐러드를 먹는 일만 남았다. 요리를 하다 보면 맛을 보는 순간이 얼마나 즐거운 일인지 알 수 있다. 맛이 조금 없어도 스스로 만들었다는 대견함에 먹방 쇼 자키에 지지 않을 정도로 맛있게 먹을 수 있다.

나또 요리사

IF YOU COOK

만약 당신이 요리를 한다면

웃음이 많아진 아내를 볼 수 있다.

야근이 잦은 아내 미현 씨를 위해

남편 서진 씨가 요리 어플을 보고

따라서 만든 골뱅이 부추 영양식.

아내의 늦은 퇴근으로 함께 저녁을 먹기가 쉽지 않다.

출산휴가가 끝나고 회사로 복귀한 아내, 회사일과 육아 스트레스로 힘들어하는 아내를 위한 영양식을 만들어보려고 요리 어플을 다운받았다. 누군가 소개한 골뱅이부추 영양식이 왠지 따라하기 쉬울 것 같아 보였다.

살짝 데친 콩나물과 부추를 접시에 깔고 그 위에 통조림 골뱅이를 살짝 볶아서 올렸다. 오리엔탈 소스는 아내의 취향에 따라 뿌려 먹는다.

회사에서 돌아온 아내 앞에 자랑스럽게 내놓았다.

생각지도 못했다는 듯 아내는 기뻐하며 한 입 먹는데, 아내의 표정이 좋지 않다. 그렇다. 내 아내는 맛이 없는 걸 맛있다고 억지로 말하지 못한다.

불안한 마음에 나도 한 번 먹어보았다. 이런, 골뱅이에서 비린내가 장난이 아니었다. 통조림 골뱅이를 사용하는 게 아니었는데⋯. 쉽게 해보려 했다가 생색도 내지 못했다. 다음 번엔 제대로!

허기진 마음을 달래주는
베이컨 양배추 리조또

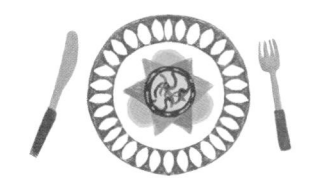

오늘은 일이 있어 늦은 퇴근을 했다. 집에 돌아오니 또 무사히 하루를 넘겼다는 안도감과 함께 긴장했던 몸이 풀어지면서 기운이 쭉 빠졌다. 가족들과 서로의 안부를 교환하고 소파에 앉으니 저절로 몸이 뉘어진다. 이렇게 잠시 눈을 감고 있으니 낮에 주방에서 있었던 일들이 잔상으로 떠올라 뒤엉키면서 머릿속이 또 복잡하다. 주방에서는 잠시만 정신을 놓더라도 사고로 이어질 수 있기 때문에 늘 초긴장 상태다. 오늘은 주방에서 작은 문제들이 몇 있었다. 고함을 치고 사고를 수습을 하고 디너타임이 끝나갈 때쯤에는 말 그대로 파김치가 된 상태라서 생각이라는 것을 할 수도 없었다. 이런 날은 현장에서 한 발 떨어져 바라보고 정리하는 시간이 필요하다. 그러면 고쳐야 할 점들과 보완해야 할 것들이 저절로 떠오르기도 한다.

이런저런 생각들로 머릿속이 복잡할 때는 이상하게도 빨리 허기가 진다. 배고픔과는 다른 이 허기는 단지 많이 먹는다고 해서 채워지지 않는 마음의 허기다. 당연히 입맛도 없고, 몸은 천근만근이라 꼼짝도 하기 싫다. 하지만 배까지 주리게 만들면 이 허기는 더 사납게 내 속에서 날뛴다. 그래서 지친 내 몸과 마음을 달래줄 무언가를 먹어줘야 한다는 생각이 강박처럼 든다.

이럴 때 곁에 누군가 있다는 것이 참 좋다. 요리는 언제나 즐거운 일이라고 나는 늘 말해왔다. 하지만 솔직히 이런 날은 그 즐거운 일조차 의욕을 잃게 만드는 강력한 마이너스 에너지가 나를 소파로 끌어당긴다. 한 번 마음을 내어 자리를 털고 일어나 주방으로 가면 금방 또 요리의 즐거움에 빠질 수 있다는 걸 알면서도 그게 잘 되지 않는다. 그런 날, 다행이 내게는 아내가 있다.

오랜 연애 기간만큼 서로를 많이 알아서일까? 아내는 내 상태를 말하지 않아도 안다. 아니다. 말하지 않아도 알아주는 것이라기보다 늘 나를 바라보고 염려하는 마음 때문에 다른 사람보다 내 상태를 더 빨리 알아채준다는 말이 맞겠다.

"뭐 따뜻한 거라도 만들어줄까?"

다니엘을 재우고 나와 내 곁에 앉으며 아내가 나지막하게 묻는다. 그 목소리에는 오늘 많이 힘들었나 보네, 내가 위로해줄게. 힘내! 하는 말들이 함축된 '따뜻한 무엇'이 묻어 있다. 그런 말을 듣게 되면 나도 가끔은 다니엘처럼 응석을 부리고 싶어진다.

"갑자기 베이컨 양배추 리조또 먹고 싶다."

"웅? 저녁 안 먹었어? 그거 내가 만들 수 있는 거야?"

아내는 갑자기 당황한다. 자신의 예상을 벗어난 요리를 주문한 모양이다. 그 모습이 하도 재미있어서 조금은 기운이 났다.

"물론이지. 당신이 충분히 만들 수 있는 요리야. 내가 설명해줄 테니까 만들어줄래?"

"좋아, 대신 간섭하지 않기!"

"음…. 좋아."

누구나 그렇겠지만 아내도 요리를 하고 있을 때 다른 사람이 간섭하는 것을 싫어한다. 요리사인 내 앞에서 요리를 한다는 것만으로도 스트레스를 받는 모양인데, 잘못된 조리법을 쓸 경우 나도 모르게 아내에게 잔소리를 하기 때문이다. 같이 요리를 하다가 아내가 결국 짜증을 낸 적이 한두 번이 아니다. 오히려 혼자하게 놔두면 장식도 제법 하고 맛도 있다. 하지만 내가 주방에 들어가서 이것저것 간섭을 하기 시작하면 잘하던 것도 이상하게 되는 경우가 종종 있다. 그 사실을 알고 있으면서도 직업병 때문인지 아차 하는 순간 이미 나는 또 잔소리를 하고 있다.

내가 소파에서 일어나려고 하자 눈치 빠른 아내가 서둘러 나를 제지한다.

"그 자리에서 꼼짝하지 마. 누워서 그냥 말로 해줘."

"하하, 알았어. 그럼 쌀부터 씻어줘. 좀 불리면 좋은데 시간이 없으니까 따뜻한 물에 씻고. 양배추랑 베이컨은…. 참, 채소육수가 남아 있나?"

시간이 있을 때 채소육수를 만들어두면 급하게 요리를 해야 할 때 참 편리하다. 채소육수라고 하면 뭔가 어려운 것 같지만 별 것 아니다. 자신이 좋아하는 채소를 넣어 끓이면 된다. 주로 셀러리와 당근, 양파, 마늘 등을 넣으면 된다. 중불에서 끓이다 부글부글 끓어오르면 약한 불에서 뭉근하게 끓여내 식혀두었다가 유리병에 넣어 냉장고에 보관한다.

"응, 충분해. 다른 건?"

아내는 쌀부터 찾아 씻었다.

"베이컨은 작게 썰고 양배추도 깍둑썰기 해. 마늘은 다지고."

아내가 냉장고 문을 여닫는 소리, 도마질 하는 소리를 들으며 잠깐 눈을 감았다. 늘 주방 일에 신경을 곤두세우고 일을 하다 이렇게 주방에서 일어나는 일을 나 몰라라 한 채 여유롭게 누워 있는 것도 참 새로운 맛이다.

"다했어. 이제 어떻게 해?"

"팬에 오일을 두르고 베이컨을 볶다 양배추를 넣어서 같이 볶아. 그리고 다진 마늘을 넣어."

베이컨의 기름진 향에 마늘향이 더해지자 잃었던 식욕이 되살아난다. 그래서인지 나도 모르게 큰소리를 냈다.

"양배추가 부드럽게 익었으면 쌀을 넣고 쌀알이 투명해질 때까지 다시 볶아."

"깜짝이야! 우리 집이 대궐도 아니고…. 작은 소리로 말해도 잘 들려."

"아…. 미안."

내가 일하는 주방은 늘 분주하고 여러 소리들로 시끄러워 목소리를 크게 내는데 가끔 집에서도 이렇게 큰 목소리를 낸다. 그러면 아내랑 다니엘이 귀가 아프다며 오히려 더 큰소리를 내어 내 목소리가 무색해질 때도 있다.

마지막에 소금이랑 후추로 간을 한 다음 화이트와인을 넣는데 며칠 전에 따놓은 것을 다 먹은 기억이 나서 자리에서 일어났다. 아내는 내가 주방으로 오자 당장 경계태세를 취한다.

"왜? 잔소리 하려고? 시키는 대로 하고 있으니 그냥 누워 계시지요?"

"와인 따주려고. 싫어? 그것만 해주고 다시 소파로 돌아가 얌전히 누워서 기다릴게."

"흠, 그러시다면야…."

화이트와인 두 큰 술을 넣어주고 아내가 채소육수 붓는 것을 보고 거실로 가면서 마지막 당부를 했다.

"채소육수는 쌀이 익는 걸 보면서 여러 번 나눠서 부어주는 거 알지?"

"네, 네. 알아요!"

잘 참는다 했다. 결국 아내를 또 버럭하게 만들었는데도 피식 웃음이 세어나온다. 소파에 누워 고소하게 끓어가는 리조또 냄새를 음미하며 다시 망중한에 빠져들었다.

〈삶이 그대를 속일지라도〉라는 푸시킨의 시가 떠올랐다.

마음은 미래에 사는 것

현재는 슬픈 것

모든 것은 순간적인 것, 지나가는 것이니

그리고 지나가는 것은 훗날 소중하게 되리니

"다됐어. 와서 먹어봐."

"그럼 먹어볼까?"

아내는 큰 시험을 앞에 둔 사람처럼 긴장감과 기대감이 반반쯤 섞인 얼굴로 수저를 드는 내 손과 얼굴을 살피고 있다.

"어때?"

새로운 요리를 해서 가족들에게 먹일 때, 언제나 기대감으로 두근거리는 마음으로 가족들의 반응을 살피곤 했다. 딱 지금 아내의 마음도 그럴 것이라 생각하니 어쩐지 장난기가 돌았다.

"음…. 조금 더 먹어봐야 겠는데?"

아내는 채근하는 눈빛으로 나를 빤히 바라본다. 요리를 해서 아내에게 줬을 때마다 내 눈빛도 저랬을까? 새삼 궁금해졌다. 그리고 마음이 한없이 포근해진다. 아니, 아내가 요리를 시작하던 그 순간부터 허기졌던 마음은 이미 사라졌던 것 같다. 아내 역시 내가 해준 요리를 먹을 때마다 이런 작은 행복을 느꼈을 것이라는 생각이 들자 힘들었던 하루를 보상받는 느낌까지 들었다.

"최고야!"

"뭘, 그렇게까지는 아니지."

지나친 과찬이라는 듯 새초롬하게 대답하지만 역시나 입꼬리가 올라가는 것은 어쩔 수 없는 모양이다. 아내는 아닌 척하지만 좋아라 하는 것이 눈에 빤히 보인다.

"과장을 안 보태면…. 음, 그래도 최고야!"

내 말에 아내는 크게 웃는다. 나도 덩달아 웃었다.

언젠가 또 힘든 일이 닥치더라도 오늘의 따뜻한 기억은 훗날 소중한 추억으로 떠올라 나를 위로할 것이다. 맛있는 요리를 먹는 시간만큼 더 많은 이야기가 쌓이고, 그 이야깃거리만큼 우리는 조금씩 더 행복해질 것이다. 아내가, 혹은 누군가 나를 위해 해준 밥 한 그릇은 그 그릇이 담고 있는 양보다 훨씬 대단하고 위대하다.

EPISODE #06

요리의 힘

남자들 중에는 아직도 요리사라는 직업을 부끄러운 일이라고 생각하는 사람들이 있다. 못 배우고 기술도 없고, 돈은 벌어야겠기에 호구지책으로 주방에서 일을 하는 사람이라고 생각하는 듯하다. 어머니도 처음에는 미국까지 유학을 가서 기껏 배우는 것이 요리냐고 정말 싫어하셨다. 오죽하면 내가 한국으로 돌아오기 전까지 다른 공부를 하는 것처럼 친척들에게 거짓말을 하셨을까.

하지만 그렇지 않다. 요리는 사랑이다. 맛있는 요리를 먹고 화를 내는 사람은 없다. 불편했던 자리도 화기애애하게 바꿀 수 있는 힘을 가진 것이 요리다. 최고급 코스요리나 아무나 살 수 없는 진귀한 재료로 만든 것이 아니라도 상관없다. 먹는 사람을 위한 정성과 자신이 가진 능력으로 최선을 다해 만들기만 해도 된다. 그것만으로도 나의 진심이 상대에게 전해진다. 나 또한 어머니의 요리를 통해 세상을 배웠고, 요리사라는 직업을 가지지 않았으면 절대 알 수 없는 아주 특별한 일들을 많이 경험했다.

예전에 청소년 모델 콘서트에서 멘토링 강연을 한 적이 있다. 강의의 내용은 '직업을 가진 사람은 누구라도 자기 일을 즐겁게 해야 하고, 그러다 보면 돈과 명예는 자연스럽게 따라 온다'였다.

그 멘토링 강연에서 중학교 2학년인 한 학생에게서 특별한 사연을 들었다.

학생의 아버지는 알코올 중독자였다. 늘 술을 마시고, 술이 깨면 자신이 한 행동과 말을 기억하지 못해 마음을 쓰면서도 또 술을 마시는 그런 상황이 계속 반복되었다고 한다. 하루는 안주도 없이 늘 술만 먹는 아버지가 걱정이 돼서 전에 배웠던 애호박 요리를 해드렸다고 한다. 학생이 뚝딱 만들어온 애호박 요리를 아버지는 한참을 물끄러미 바라보시다가 상기된 얼굴로 한 접시를 다

드셨다고 한다. 그리고 신기하게도 그날로 술을 끊으셨다는 것이다. 늘 술만 마시는 아버지 걱정에 고사리 손으로 요리를 시작한 아이의 마음을 아시고는 정신이 번쩍 들었던 모양이다. 아버지는 별스럽지도 않은 애호박 요리 하나에 크게 감동하신 것이다.

모든 중독은 본인의 의지만으로 끊기 힘들기 때문에 중독이라고 한다. 요즘은 생각이 많이 바뀌었지만 한국처럼 알코올 중독에 관대한 나라는 여전히 드물다. 술 소비량도 세계 10위권 안에 들 정도로 술 사랑이 대단하다. 어디서나 저렴하게 구할 수 있는 술을 중독자가 끊는다는 것은 그만큼 대단한 결심이 필요하고, 아니면 그럴 수밖에 없는 강력한 계기가 있어야만 가능하다.

시중에서 이천 원이면 살 수 있는 애호박 하나. 그것으로 만든 요리 하나로 아이의 아버지는 인생이 바뀌었다. 더불어 자신이 만든 음식을 먹고 인생을 바꾼 아버지를 보면서 느꼈을 아이의 감동은 또 어떠했을까?

요리란 그런 것이다. 그 가치를 돈과 비교할 수 없다. 값비싼 요리가 싼 요리보다 언제나 더 낫다고 말할 수 없다. 애호박 요리 하나로 사람의 인생이 바뀌기도 했다. 그러니 이천 원짜리라고 해서 우습게 봐서는 안 된다. 애호박 하나로도 수많은 특별한 요리를 만들어낼 수 있다. 냉이와 고추를 넣어 전을 만들 수도 있고, 말린 과일과 견과류를 넣은 새로운 볶음 요리를 만들 수도 있다. 속을 파낸 애호박에 으깬 두부와 여러 가지 채소를 넣고 애호박찜도 만들 수 있다. 꼭 비싼 재료가 아니어도 된다. 애호박 하나만으로도 다양한 요리를 만들 수 있다.

그렇게 변신한 요리들은 우리 삶에서 가장 중요한 먹는 즐거움을 준다. '사랑이 먹고 싶어서 음식을 먹는다'라는 말처럼 요리에는 만든 사람의 사랑과 정성이 담겨 있다. 그래서 사랑하는 이에게 마음을 전하기 위해, 행복을 나누기 위해 맛있는 요리를 만들고 함께 나눈다. 부모가 아이를 먹이고, 연인들이 맛집을 찾아가고 친구들끼리 언젠가 밥 한번 먹자고 하는 말도 이와 다르지 않다.

얼마 전에 정치 이야기를 하다 좀 재미있는 말을 들었다. 노자가 쓴 《도덕경道德經》에 '큰 나라를 다스리는 것은 작은 생선을 지지는 것과 같다'라는 구절이 있다고 한다. 그 구절을 말해준 사람은 그 뜻이 군주가 백성을 다스릴 때 가져야 할 마음가짐을 일컫는 것이라고 했다. 표현이 너무 재미있어서 집에 돌아와 찾아보니 그 사람의 말과 비슷하면서도 다른 여러 개의 해설이 있었다. 하지만 돌아서면 금방 잊어버릴 것 같아서 그냥 내 식으로 해석하기로 했다.

'작은 생선 하나 지지는 것으로 큰 나라의 운명도 바꿀 수 있다'

요리는 만국공통어를 품고 있다. '맛있다'라는 건 표정만 봐도 알 수 있다. 언어가 다르고 인종이 달라도 음식을 통해서는 소통이 된다. 그러니 작은 생선을 굽는 방법 하나만 바꿔도 그 파급력에 의해 큰 나라의 운명도 충분히 달라질 수 있을 것 같다. 조금은 억지스럽다고 느낄 수도 있겠지만 나비의 날갯짓으로 태풍을 불러오는 나비효과를 생각하면 전혀 뜬금없는 과장이라고도 말할 수 없다. 내 식으로 바꾼 해석이라도 이런 이야기를 들을 때마다 요리사인 내가 너무 행복하다. 그리고 칼 하나만 있어도 세계 어디를 가더라도 먹고 살 수 있는 요리사는 내가 생각하는 최고의 직업이다.

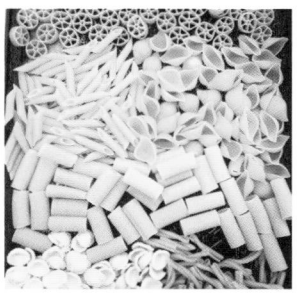

요리는 사랑이다.

맛있는 요리를 먹고 화를 내는 사람은 없다.

불편했던 자리도 화기애애하게 바꿀 수 있는

힘을 가진 것이 요리다.

IF YOU COOK :

만약 당신이 요리를 한다면

아내의 외로움을 달랠 수 있다.

미국에서 유학 중인 지성 – 하늬 부부.

남편 지성 씨가 한국을 그리워하는

하늬 씨를 위한 단팥죽 한 그릇.

미국 유학 중이라고 하면 많이들 부러워한다.

영어도 배우고, 여행도 하고…. 뭔가 여유가 넘칠 거라 생각한다.

사실, 그리 나쁘지 않은 미국 생활이긴 하다.

그러나 결혼을 하고 아내와 함께 유학을 왔기에 아내에게 늘 미안한 마음이다. 아내는 나를 위해 한국에서 준비하던 박사 논문을 중단하고 미국으로 같이 와주었다. 늘 미안하고 고마운 마음이지만, 이상하게도 이런 마음을 전하는 게 쉽지 않다.

마음을 표현하는 게 왜 이리도 어려운지….

최근 한국에 다녀온 아내가 한국에 있는 가족과 친구들을 무척 그리워하는 것 같다. 그런 아내를 위해 큰 마음을 먹고 단팥죽을 만들어보았다. 만드는 과정은 정말 처참한 수준이었지만 결과는 성공적이었다. 저 사진만 봐도 꽤 그럴 듯하지 않은가. 단팥죽을 보며 슬며시 웃는 아내. 그런 아내의 미소가 나를 행복하게 한다.

아버지의 깍두기 비빔밥

몇 해 전, 크리스마스이브에 아버지를 하늘나라로 보내드렸다. 그 전 날이 마침 생신이어서 사랑하는 손자의 재롱까지 즐겁게 보시고는 그 다음 날 거짓말처럼 아버지가 우리 곁을 떠나셨다. 오랜 투병생활에 지칠 대로 지치셨던 아버지의 마지막은 다행이도 평온했다. 그것이 우리 가족들에겐 작은 위로가 되었다.

　이틀 뒤, 아버지의 핸드폰을 정지시키려고 집 근처 대리점에 갔다. 차례를 기다리는 동안 아버지의 흔적이나마 다시 찾아보려고 핸드폰을 켰다. 혹시 생전의 모습이 담긴 사진이라도 한 장 볼 수 있을까 하는 마음에 사진 폴더를 열었더니 스무 장의 사진이 들어 있었다. 그런데 그 스무 장 모두 TV에 나온 내 모습을 찍은 사진들이었다.

평소 무뚝뚝하고 애정표현이라고는 없었던 아버지. 내가 TV나 인쇄매체에 나오든 말든 아무 제스처도 없고 말씀도 없으시던 아버지. 가족들과 여행을 가서 사진 몇 번 찍는 것도 귀찮아하시던 분이 아버지였다. 그런데 내가 없는 곳에서 아버지는 내가 나오는 프로그램을 챙겨 보시며 사진을 찍으셨다. TV에 나온 아들을 찍기 위해서 서둘러 핸드폰을 켜고, 사진을 찍고, 그 사진들을 두고두고 감상했을 상상을 하니 뭔가 현실에서 일어날 수 없는 일처럼 낯설었다.

표현이 없는 분이셔서 늘 아버지의 마음이 궁금했었다. 요리를 위해 다른 공부를 접은 아들이 지금은 마음에 드실까, 내가 어떤 일을 하면 제일 기뻐하실까, 혹시나 서운하신 것은 없으실까, 그런 속마음을 한 번쯤은 확인하고 싶었다. 그런데 이렇게 아버지가 가시고서야 아버지의 속마음 일부와 마주한 것이다.

핸드폰을 해지하고 돌아서 나오는데 마음이 울컥했다. 계속 울컥하는 마음에 집으로 돌아오는 길이 유난히 더디었다. 아버지가 사라지고, 아버지의 번호가 사라지고, 언젠가 이 핸드폰마저 어디론가 사라질지도 모른다는 생각에 덜컥 겁도 났다. 분명 좋은 곳으로 가셨을 테니 더 이상 슬퍼하지 말자고 마음을 다잡는데도 내 마음을 내 마음대로 할 수 없었다.

    집에 돌아오자마자 냉장고를 뒤져 나온 반찬들을 커다란 볼에 넣고 밥을 비볐다. 아버지와의 추억을 더듬다 보니 나온 무의식적인 행동이었다. 많은 사람들이 이런 마구잡이식 비빔밥을 해 먹곤 하지만 내게는 특별한 추억이 있는 음식이다.

    어릴 적, 무엇 때문인지 동생과 어머니가 집을 비우고 아버지와 단둘이 있었던 때였다. 밥 때는 이미 지났는데도 어머니는 오시지 않고, 나는 점점 더 배가 고팠다. 그때도 어머니를 따라 장을 보러 다녔지만 나 혼자 밥을 차릴 생각은 못하던 나이였던 것 같다. 그렇다고 아버지에게 밥을 얻어먹을 수 있다는 기대를 할 수도 없었다. 굶으면 굶었지 남자는 절대 주방에 들어가지 않는다는 옛날 경상도 사나이 그 자체였던 분이셨기 때문이다. 꼼짝없이 어머니가 돌아오기를 기다리는 수밖에 없다고 생각했다. 그런데 놀랍게도 아버지가 주방에 들어가셨다.

    달그락달그락 무언가를 만드는 소리가 들리고, 잠시 후 아버지는 주방에서 큰 냄비 하나를 들고 나오셨다. 도대체 뭔가 하고 냄비 안을 보니 빨갛게 비벼진 비빔밥이었다. 들어간 재료라고는 깍두기와 국물, 콩자반과 볶음멸치, 김가루가 전부였다. 하지만 그것만으로도 만든 비빔밥은 일품요리에 뒤지지 않았다. 배가 고파서인지, 아버지가 처음으로 만들어준 것이라서 그런지, 그 비빔밥은 정말 꿀맛이었다.

나이가 들어서야 알았다. 아버지 당신 혼자의 끼니였다면 차라리 굶고 말지 절대로 주방에 들어가지 않으셨을 것을. 하지만 자식이 배를 곯게 내버려둘 수 없는 마음, 그것이 자식을 가진 아버지의 마음이었다.

그 후로 어른이 되고 요리사가 돼서도 입맛이 없을 때는 비빔밥을 가끔 만들어 먹었다. 커다란 양푼에 냉장고를 뒤져 나오는 것을 마구잡이로 넣고 참기름을 살짝 뿌려 쓱싹쓱싹 비비면 아버지의 그 볶음멸치 깍두기 비빔밥이 고소하게 떠올랐다.

어느 정도 정신을 추스르고 보니 아버지의 물건들 정리가 끝나 있었다. 이제 정말 아버지를 보내드려야겠다고 생각하자 어쩐지 마음이 허전해서 본가에서 아버지가 입으셨던 오래된 정장 재킷 하나를 가져왔다. 아버지의 체취가 밴 옷 하나쯤은 곁에 두고 싶어서였다. 내가 가져온 아버지의 재킷을 말없이 쓰다듬던 아내가 안쪽 주머니에서 스테이플러에 고정된 흰 종잇조각을 발견했다. 세탁소에서 붙여둔 것이다. 내가 입고 다닐 거라는 말을 들은 아내는 그 종잇조각을 떼어내려 했다. 나는 그냥 붙여두라고 했다. 흰 종이에는 옷을 맡겼던 날짜와 함께 아버지의 이름이 적혀 있었기 때문이다.

　이제 나는 일상으로 돌아가야 한다. 사람들을 만나서 웃고, 일이 바쁠 땐 가족 생각은 까맣게 잊기도 하고, 오늘 일을 준비하면서 내일을 계획해야 한다. 그런 변함없는 일상을 이왕이면 혼자가 아니라 아버지와 함께하고 싶었다. 흰 종잇조각에 적힌 이름일지라도 그 이름을 가슴에 품고 다시 뛰고 싶었다.

아버지와의 추억을 더듬다 보니 나온 무의식적인 행동이었다.

많은 사람들이 이런 마구잡이식 비빔밥을 해 먹곤 하지만

내게는 특별한 추억이 있는 음식이다.

IF YOU COOK

만약 당신이 요리를 한다면

고마운 마음을 전할 수 있다.

38살 노총각 수혁 씨,

나이 많은 아들 걱정으로 속을 태우시는 어머니에게

죄송함과 감사함을 담아서 만든 장어덮밥.

"도대체 언제 장가 갈래?" 요 몇 년간 어머니에게서 가장 자주 듣는 말이다. 눈이 마주칠 때마다 듣는 말.

나는 지금 이 생활에 불만도 없고, 행복을 느끼는데 어머니는 그렇지 않으신 것 같다. 어머니 친구의 아들이 장가 간다는 소식을 들을 때면 잔소리는 더 심해진다.

토요일 이른 점심쯤, 어머니의 잔소리가 또 시작되고 있다. 나는 안 들리는 척하며 슬그머니 자리에서 일어나 주방으로 갔다. 2년 전부터 요리라는 취미생활이 생겼다. 요리를 하는 시간에는 어떤 잡생각도 들지 않아 나는 이 시간을 무척 좋아한다. 어머니의 잔소리를 막아보고자, 나는 냉장고에 잠들어 있는 음식 재료들을 깨우기 시작했다. 때마침 냉동실에 남겨둔 장어구이가 있었다. 어머니를 위한 장어덮밥을 만들기로 했다. 만들면서 새삼 어머니에게 죄송한 마음이 들었다. 요리가 취미라지만 어머니에게 음식을 해드린 적이 없었던 것이다. 어머니 앞에 다 만든 장어덮밥을 내놓았다. 어머니의 감동적인 멘트를 기대했지만 돌아오는 대답은 "나를 행복하게 해주는 건 네가 장가를 가는 거란다."라는 한마디. 그렇다. 기쁘면서도 볼멘소리를 하는 분이 우리 어머니다.

요리가 취미인 남자

페이스북을 시작하면서 만난 친구들은 하나 같이 이런 말을 한다.

"힘든 하루였는데 요리로 스트레스를 풀어요."

제대로 된 요리의 세계를 한 번 이상 경험한 사람들은 대부분 두 종류로 나뉜다. 다시는 할 엄두를 못 내거나 깊게 빠져들어 헤어나지 못하는 경우다.

나는 요리에 빠진 남자를 여러 명 알고 있다. 그중 한 명은 페이스북을 통해 알게 되었다.

언젠가 페이스북에 한 아버지가 글과 함께 사진 하나를 올렸다. 그는 내가 만든 봉골레 파스타를 보고 딸들에게 그 요리를 해주었다고 한다. 그런데 그 요리는 자신이 태어나서 처음으로 딸들에게 해준 요리라는 것이다. 짤막한 글이었지만 그 속에서 처음으로 딸들에게 맛있는 요리를 해준 뿌듯함, 자신이 요리를 했다는 가슴 벅참, 그런 마음이 그대로 느껴졌다.

요리라는 것은 마법 같은 순간이 있어서 백 번을 실패하더라도 한 번의 성공이 평생을 가고, 처음으로 한 특별한 요리는 아주 오랫동안 기억에 남기 마련이다. 그런 그의 마음이 그대로 전해져서 나 혼자만 감동받기 아까울 정도였다.

그런데 보내준 사진을 보니 내가 만드는 방식의 봉골레 파스타가 아니었다. 내 책이나 방송 중 무엇을 보고 만든 것인지 고개가 갸우뚱거려지는 형태였다. 요리란 본래의 의도와 상관없이 만드는 사람의 삶을 고스란히 접시 위에 싣게 된다. 만드는 사람이 일상생활에서 보고, 듣고, 느끼는 것들을 무의식적으로 맛과 형태, 색채로 담아 일상의 소소한 감정들을 요리에 그대로 드러내는 것이다. 그래서 요리사가 아닌 이상 남들과 똑같은 요리를 만들어내기란 어렵다. 물론 손님에게 내놓을 요리가 아니라면 그런 것은 중요하지 않다.

딸들을 위해 요리를 하는 그 순간, 요리를 먹는 딸들을 보는 순간, 요리를 다 먹은 후 딸들이 행복해하는 순간, 그 모든 순간이 유명 셰프의 조리법보다 훨씬 값지고 소중한 법이다. 아마 지금쯤 그는 요리에 깊게 빠져 헤어나지 못하고 있을지도 모른다.

요리에 빠져 헤어나오지 못하는 남자를 떠올리면 제일 먼저 장인어른이 생각난다. 장인어른은 유독 요리에 관심이 많고, 어떤 요리에 한 번 빠지면 모두가 진저리를 칠 때까지 그 요리를 고집하는 재미있는 면도 있으시다. 거기다 재료에 대한 지식도 풍부하시다. 멕시코 사람들이 즐겨 먹는 토마토소스 콩이라는 것이 있는데 이것은 요즘도 일반인이 잘 모르는 재료다. 그런데 아내는 이것을 넣은 요리를 초등학교 때부터 먹었다고 한다. 그 이야기를 듣고 조금 충격을 받았다. 한마디로 장인어른은 시대를 앞서 가시는 분이다.

처음 아내의 집에 인사를 갔을 때 제일 먼저 느낀 감정은 부러움이었다. 가족들이 둘러앉아 이야기를 나누는데 별스럽지 않은 이야기에도 웃음이 끊이지 않았다. 딸들이 많아서인지 집안 분위기가 말 그대로 화기애애했다. 무뚝뚝한 아버지와 어떤 날은 서로 대화도 하지 않는 남자 형제만 있는 삭막한 우리 집과 너무 비교

됐다. 거기다 유일한 여자인 어머니는 늘 일로 바쁘셨다. 그래서 재잘재잘 이야기꽃을 피우는 아내의 집이 낯설면서도 부러웠다. 그 인상이 매우 강해서 내가 결혼해 아이를 낳는다면 꼭 딸이었으면 좋겠다고 그때부터 생각했다.

　아내의 집에서 먹은 요리도 일반 가정식하고는 조금 달랐다. 보통 예비사위가 인사를 온다고 하면 어머님이 백숙이나 갈비찜, 전이나 잡채 같은 한국 전통 음식들을 준비하는 경우가 많다. 그러나 아내의 집에선 아버님이 더 바쁘게 음식을 준비하셨고, 그런 아버지를 대하는 딸들의 반응도 너무 자연스러워서 또 한 번 당황스러웠다. 내온 요리도 한식과 양식을 넘나드는 것들이었는데 당시의 일반 가정집에서는 보기 힘든 요리였다.

　장인어른은 요리에 관심이 많고, 그만큼 솜씨와 눈썰미도 좋았다. 아내와 결혼을 하고 나서 처음으로 장인어른에게 식사를 대접한 날은 두고두고 잊히지 않는다. 그날 나는 초긴장 상태였다. 다른 장인들 경우에는 사위가 요리사라고 하면 자신의 입맛에 안 맞더라도 요리사라 뭔가 다른가보다 하고 그냥 드신다고 하는데 내 장인어른은 절대로 그냥 넘어가시는 법이 없다. 국수나 냉면도 간이 안 맞으면 바로 그 자리에서 말씀하신다. 장모님이 만든 요리는 사정없이 잔소리를 하신다. 상황이 그렇다 보니 요리에 관해서는 장모님이 늘 장인어른의 눈치를 보신다.

장인어른의 요리는 좀 재미있는 패턴이 있다. 어디선가 파스타를 먹어보시고는 '이거다' 싶으면 한동안 집에서 계속 파스타만 만드신다. 가족들이 지겨워하더라도 당신 스스로 또 새로운 요리에 빠지기 전까지는 무조건 파스타로 달리시는 분이다. 한마디로 당신의 주방에서는 요리 무법자시다.

한때는 아침 식사가 독일식으로 바뀌었다. 장인어른이 독일에 다녀오셨는데 그곳의 아침이 꽤 마음에 드셨던 것 같았다. 시리얼과 우유, 바나나, 토스트와 소시지가 날마다 식탁에 올랐다. 독일에서의 아침 식탁에 올랐던 것과 완벽하게 같지는 않겠지만 그 패턴을 기억해서 잊힐 때까지 가는 것이 바로 장인어른 스타일인 것이다. 장모님과 처제들은 또 언제까지 독일식 아침식사를 해야 하느냐고 구시렁거렸다. 그런데 투덜거리는 목소리에서 즐거움이 묻어났다. 한동안 계속될지도 모르지만 끊임없이 바뀌는 메뉴, 이번엔 또 어떤 메뉴로 자신들을 깜짝 놀라게 해줄지 은근한 기대감이 느껴졌다. 장인어른의 스타일에 가족들도 이미 헤어나오지 못할 정도로 중독된 거다.

요즘 같은 저출산 시대에는 부모가 아이의 양육을 위해 들이는 돈이 가계지출의 절반이라고 한다. 아이가 남들보다 더 나은 삶을 살게 해주고 싶은 것이 모든 부모의 마음이다. 그런데 많은 부모들은 가장 중요한 것을 간과하고 있다. '남들보다 더 나은 삶'이 '남들보다 더 행복한 삶'과 같은 것이 아닐 수도 있다는 거다. 더 나은 삶에는 아이의 행복보다 물질적 풍요가 더 앞선 경우가 많기 때문이다. 그나마 다행인 것은 예전 부모들은 아이의 지능지수를 가장 중요하게 생각했지만 지금은 그와 같은 비중으로 감성지수를 중요하게 생각한다는 것이다. 그 감성지수를 기르는 데 아빠의 역할이 아주 크다. 아빠와 유대감이 좋은 아이들은 자존감이 높고 성취능력도 좋아진다는 연구결과도 있다. 늘 권위만 앞세우는 엄격한 아버지들이 설 자리는 갈수록 좁아질 수밖에 없다.

아이와 어떻게 친해지는지, 무엇을 하고 놀아줘야 하는지 모르겠다면 먼저 요리를 해보는 건 어떨까? 엄마가 아닌 아빠가 주방에서 무엇인가를 만들어주는 것만으로도 집안 분위기는 훨씬 부드러워진다. 아직까진 요리하는 아빠가 많지 않다. 그러니 조금이라도 더 빨리 시작하는 것이 좋다. 그러면 당신의 아이는 요리를 하는 특별한 아빠를 둔 특별한 아이로 자랄 수 있다. 더불어 아내에겐 주말마다 TV와 함께 소파에 들러붙어 있는 짜증나는 남편이 아니라 이야기를 나눌 수 있는 다정한 남편이 될 수 있다. 처가댁 식구들의 그 단단한 가족애가 장인어른으로부터 나오듯이 말이다.

아직까진 요리하는 아빠가 많지 않다.
그러니 조금이라도 더 빨리 시작하는 것이 좋다.
그러면 당신의 아이는 요리를 하는 특별한 아빠를 둔
특별한 아이로 자랄 수 있다.

WHY DO I COOK :

내가 요리하는 이유

by. Sam kim

Vongole! 오늘같이 꿉꿉하고 찬바람이 살짝 부는 날에는 빠스타가 생각난다. 왜 난 빠스타가 생각나지? 토마토 봉골레를 만들 거다. '봉골레'에 토마토를 넣지 말아야 한다는 건 나의 잘못된 생각인가 봐. '봉골레 스파게티니' 정말 맛있네! 이런 비주얼이라니…. 나만 보기에는 아깝네. 입을 연 조개와 방울토마토, 마늘, 파슬리, 화이트와인까지! 참 쉽죠! Happy sunday!

재료

조개(20개), 화이트와인(2큰술), 마늘(1개), 방울토마토(5개), 다진 파슬리(1작은술), 스파게티(100g), 올리브오일

토마토 봉골레

조리법

1) 팬에 올리브오일을 두른 후, 다진 마늘을 넣고 살짝 볶아준 뒤 해감한 조
개를 넣고 한 번 더 살짝 볶아준다. 그리고 화이트와인을 붓고 뚜껑을 덮어
준다.

2) 조개가 입이 다 열리면 면수(면 삶은 물)를 2큰술 정도 넣어준다.

3) 방울토마토를 4등분하여 자른 후에 또 다른 팬에 올리브오일을 넣고 살짝
볶아준다. 이것은 따로 보관해둔다.

4) 스파게티면을 끓는 소금물(물 1L에 소금 13g)에 넣고 9분간 삶아서 2)의
조개에 넣고 함께 섞어준 뒤 익힌 방울토마토와 다진 파슬리를 넣고 골고
루 섞어준다.

까슬까슬한 아침을
단번에 녹인 오믈렛

평소답지 않게 아침부터 쌀쌀맞은 아들의 표정이 뭔가 심상치 않
다. 잠이 덜 깨 짜증이 난 게 아니라 뭔가에 단단히 화가 난 것 같
았다. "다니엘, 잘 잤어?" 하고 묻는데도 "흥!" 하는 표정으로 본척
만척 한다.

　아내의 말에는 대꾸하는 걸로 봐선 내게 화가 난 것 같은데, 아
침에 눈 뜨고 첫 만남부터 저런 상태니 내게 화난 이유를 도통 알

수가 없다.

"다니엘, 왜 그래? 기분이 안 좋아?"

아내는 내 물음에 무언가를 감추는 얼굴로 시치미를 떼고 되묻는다.

"그걸 몰라서 물어?"

정말 몰라서 묻는 건데 아내가 그렇게 대꾸할 때마다 정말 모른다고 말하기가 주저된다. 꼭 스스로 답을 알아내야 하는 것 같아 늘 안절부절못하게 된다. 아침에 빵을 사러 가는 것도 잊고 아들 꽁무니를 졸졸 따라다니며 "왜 화났어?" 하고 재차 물었지만 또 본척만척. 그런 내가 불쌍해 보였는지 아내가 넌지시 속삭인다.

"어젯밤 일 기억 안 나? 우리 아들, 당신 닮아 끈질긴 남자야!"

어젯밤 일? 아! 그제야 생각났다. 대부분의 일이 그렇듯, 그 일의 발단도 아주 사소한 것이었다. 장난으로 서로 토닥거린다는 것이 결국 다니엘의 울음으로 끝난 싸움. 그 일을 자고 일어나서도 잊지 않았다니…. 아내 말대로 정말 끈질기다. 얼마 전까지만 해도 아들은 무슨 일이든 쉽게 잊고 또 쉽게 집중했었는데 이제는 기억력이 좋아진 만큼 고집도 늘었다.

어제 저녁, 일을 마치고 집에 들어왔지만 다음 일정 문제로 해야 할 일들이 산더미였다. 집에 돌아오면 가능한 온전히 가족과 함께 시간을 보내려고 하지만 늘 지키기가 생각보다 쉽지 않다. 내 개인적인 일 욕심도 문제지만 거절할 수 없는 주변의 부탁도 늘어나면서 집에 돌아와 컴퓨터에 앉아 있는 날이 많아졌다. 그런 날이면 아이와 잠깐 놀아주면서 저녁을 준비하는 아내와 소소한 이야기를 나눈다. 그러다 음식이 차려지면 한 접시에 반찬을 덜어 담고 컴퓨터 앞으로 직행한다. 어제도 그런 날이었다.

웹서핑에 열중하느라 모니터에 눈을 둔 채 음식을 건성으로 씹고 있는데 다니엘이 다가와 내 바지를 잡아당겼다.

"아빠, 같이!"

옹알이를 하면서 꼬물거리며 바닥을 기던 것이 불과 얼마 전이었는데, 벌써 요구가 생기고 좋고 싫다는 의견을 표시하는 아이가 마냥 신기하고 대견했다. 무엇보다 의사소통이 가능하게 되었다는 것은 그저 기적처럼 여겨지기도 했다.

"다니엘, 뭐라고?"

"밥 같이 먹어요."

다니엘은 대단한 의견이라도 내놓은 듯 자못 심각한 얼굴이었다. 가끔 아이의 머릿속에 어떤 생각들이 들어 있는지 궁금하기도 하고, 어떨 때는 모든 일에 진지한 아이를 놀려주고 싶은 생각이

들 때도 있다. 하지만 어제는 다른 날보다 해야 할 일들이 많았다.

"오늘은 아빠가 많이 바쁘니까 엄마랑 먹어요."

다니엘은 잔뜩 심통이 난 얼굴로 접시를 낚아채듯이 뺏어들었다. 혹시 잡는 힘이 약한 아이가 접시를 떨어뜨려 다치기라도 할까봐 깜짝 놀라 일어났다.

"알았어, 알았어. 같이 먹자."

다니엘은 다 같이 밥 먹는 시간을 좋아했다. 아이가 한 자리에서 같이 음식을 먹고 싶어 하는, 그런 의식이 생겨났다는 게 중요하다는 것을 나는 그때 깨달았다. 대견한 마음에 밀린 일 같은 것은 잊고 기분 좋게 밥을 먹었다.

저녁식사를 마치고 아들의 엉덩이를 한 번 토닥이며 잊었던 주의를 주고 자리에서 일어났다.

"아까처럼 그렇게 갑자기 접시를 당기면 다칠 수도 있어. 그러니까 다음부터 그러면 안 돼요."

그러자 다니엘도 기분이 좋아졌는지 내 허벅지를 때리며 "아빠도 안 돼요."라며 장난스럽게 웃었다. 예전에는 다니엘이 기분이 좋을 때마다 옆 사람을 꼬집는 버릇이 있었는데 어느 날부터인가 때리는 것으로 바뀌었다. 그러니 지금 이 행동은 아주 기분이 좋다는 뜻이었다. 나는 그 모습이 너무 귀여워 일하러 가려던 것을 미루고 아들과 장난을 치기 시작했다. 다시 아들의 엉덩이를 살짝 때리며 말했다.

"알았어요. 하지만 다니엘은 더 안 돼요."

그렇게 아들과 장난스럽게 주거니 받거니 서로를 토닥거리던 것이 어느덧 두 남자의 힘겨루기로 변질되기까지 그리 많은 시간이 걸리지 않았다. 차츰 놀이가 승부욕으로 변해버린 것이다.

'이 녀석 봐라? 힘이 제법 센데? 아빠가 질줄 알고?'

아직 어린 다니엘의 손맛도 제법 알싸했다.

"이제 그만들 하지? 장난이 너무 심해진다."

아내가 중재에 나섰을 때는 이미 늦어버렸다. 내 손바닥이 다니엘의 등에 닿는 순간 내 생각보다 더 큰 소리가 났다. 아차, 싶은 후회와 동시에 다니엘의 울음이 터졌다.

"으앙, 아빠 미워!"

연신 미안하다고 사과를 했지만 울음의 기세는 멈출 줄을 모르고 점점 더 강해졌다.

"으이그! 꼭 애를 이겨야겠어?"

아내는 다니엘을 안아 달래며 철없는 남편을 타박했다. 그러려고 한 건 아닌데 즐겁던 장난이 순식간에 사고가 되어버린 것이다. 다니엘은 달래려고 건네는 내 손을 단호하게 거부했다. 멋쩍은 상황이 이어지고 아내는 겨우 아들의 울음을 멈추게 했다. 한참을 울어서인지 다니엘은 아내 품에서 곧바로 곯아떨어졌다. 그렇게 어제의 사건은 끝이 났다. 아니, 끝난 줄 알았다.

다니엘은 어제 일을 아직 잊지 않고 있다. 무엇으로 아들의 화를 풀어줘야 하나 고민하다 보니 어젯밤 일의 발단이 생각났다. 다니엘이 원했던 것은 다 같이 밥을 먹는 거였다. 하긴, 어색한 분위기를 푸는데 맛있는 요리만한 게 없다. 거기다 주방은 아이의 장난감 천국이다. 특히나 다니엘은 달걀 깨는 것을 좋아한다. 달걀만 보면 무조건 깨려 해 가끔 곤란할 때도 있지만 오늘은 그것이 도움이 될 것 같다. 아침은 자연스럽게 오믈렛으로 결정이 되었다.

요리사에 따라 여러 가지 다양한 재료들을 넣을 수도 있고, 만들기 간단하면서도 영양까지 좋은 음식으로 오믈렛만한 요리도 드물다. 냉장고에서 달걀과 다른 재료들을 꺼내며 바쁜 척 은근히 아들을 불렀다.

"누가 달걀 깨는 거 좀 도와줄래?"

식탁에 심통이 난 얼굴로 앉아 있던 다니엘이 달걀이라는 말에 귀가 쫑긋해진다. 하지만 여전히 화가 난 얼굴로 이쪽에는 관심이 없는 척한다. 아내도 내 속마음을 읽었는지 그런 아들을 부추긴다.

"달걀 깨는 거 재미있는데 엄마가 할까?"

마음이 급해진 다니엘이 "내가, 내가!"하며 그제야 다급하게 일어난다. 나는 "정말? 다니엘이 도와준다면 아빠야 너무 고맙지!"하며 달걀과 믹싱볼을 아들 앞에 놓아주었다. 다니엘은 달걀 깨는 일에 집중하느라 자신이 화가 났다는 것도 벌써 잊어버린 눈치다. 이럴 때보면 아무리 고집이 세고 집요하다고 해도 아이는 아이다.

"그럼 아빠하고 누가 더 예쁘게 하나 내기하자. 다니엘은 달걀을 풀고, 방울토마토를 반으로 예쁘게 자르기. 아빠는 채소를 예쁘게 써는 거야. 엄마는 심판, 어때?"

"좋아요!"

신이 나서 씩씩하게 대답하는 모습이, 아들은 역시 어리더라도 내기에 약하다. 아이와 속도 경쟁을 하면 주방이 난장판이 되니 누가 더 정성을 들여 예쁘게 만드나 내기를 한다. 내가 감자와 당근, 양파 같은 채소를 써는 동안 다니엘은 열심히 달걀을 깬다. 거기에 아내가 우유를 붓고 약간의 소금과 후추로 간을 했다. 다니엘은 혹시나 흘릴까봐 조심스럽게 젓가락을 저으며 달걀물을 만든다. 다니엘이 더 어렸을 때는 전혀 간을 하지 않았지만 이제 조금씩 여러 가지 맛을 알아가는 단계라 고민하지 않고 넣는다. 가끔은 생크림을 넣어 단맛과 고소함을 더한다.

다니엘은 달걀을 다 푼 다음, 방울토마토를 반으로 자르기 시작했다. 아내가 옆에 있긴 하지만 혼자서도 충분히 할 수 있는 어린이용 안전 칼이라 걱정할 필요는 없다. 혹시 손을 다칠까봐 칼 사용을 못하게 하는 부모들이 있다면 이런 어린이용 칼을 미리 사두는 것이 좋다. 아이와 요리를 함께하면 감성지수가 높아지고, 부자간의 유대관계도 높일 수 있다고 한다.

"저 다했어요!"

"그래? 아빠도 다했는데…. 심판인 엄마한테 물어볼까? 누가 더 잘했어요?"

아내는 엄격한 심사위원처럼 까다롭게 살피더니 역시나 아들 손을 들어준다.

"다니엘 승리! 아빠가 썬 채소보다 다니엘이 썬 방울토마토가 훨씬 예쁘게 잘렸네."

아들은 아빠를 이겨서 엄청 고무된 상태다. 나는 마지막 쐐기를 박았다.

"그럼, 지금부터 아빠가 채소 이름을 부를 테니 하나씩 팬에 살짝 넣어주세요. 먼저 감자와 당근!"

나는 다니엘이 재료를 넣기 좋게 채소를 담은 접시를 팬에 가깝게 들고 있었다. 다니엘이 감자와 당근을 넣으면 나는 다른 손으로 팬을 흔들며 재빨리 볶는다. 이렇게 단단한 순서대로 채소를 볶다 보면 아이는 자연스럽게 채소의 이름과 넣는 순서를 익히게 된다. 또 자신의 손길이 닿은 채소를 좋아하게 되는 효과도 있다.

소금과 후추로 간을 하고 그 위에 달걀물을 부어 낮은 불에서 익힌다. 젓가락으로 살살 저으며 달걀을 익히는 이 순간을 다니엘은 참 좋아한다. 투명하던 것이 하얗게 변하는 순간, 다니엘은 아빠가 마법을 부리는 것처럼 마냥 신기한 모양이다. 거기다 채소와 달걀이 익어가며 고소하고 포근한 냄새가 주방으로 솔솔 퍼져간다. 팬을 흔들며 제멋대로 흩어진 달걀들을 모아 동그랗게 모양을 잡다 보니 잠시 삐걱대던 아들과 나의 관계도 동글동글 한데 뭉쳐지는 듯한 착각마저 들었다.

알맞게 익은 오믈렛을 사각 접시에 담아 식탁에 올렸다. 여기에 슬라이스 한 마늘과 방울토마토 볶은 것을 살짝 올렸다. 다니엘은 벌써부터 포크를 손에 쥐고 군침을 흘리고 있다. 다니엘의 바람대로 다 같이 밥을 먹는 시간, 이보다 더 행복한 순간은 없을 거다.

모든 재료들이 한 덩어리가 되어 포근하게 부풀고, 심하게 뜨겁지도 그렇다고 미적지근하지도 않은 온도로 고소한 냄새를 폴폴 풍기는 오믈렛이, 어쩐지 가족이란 이름과 참 닮았다.

IF YOU COOK

만약 당신이 요리를 한다면

아이에게 추억을 선물할 수 있다.

사랑하는 아들 은수를 위해서라면….

프리랜서 디자이너 원석 씨가

은수와 축구하러 나가기 전에 만든 특제 토스트.

우리 은수 언제 이렇게 컸지?

꼬물대던 네가 벌써 아홉 살이 되었다니….

어느덧 훌쩍 커서 아빠와 함께 운동장을 누비며 축구를 하게 되고 말이야.

네가 어릴 때, 아빠는 은수에게 늘 이렇게 말했단다.

"은수가 크면 아빠랑 등산을 가자!"

"은수야, 얼른 커서 아빠랑 축구를 하자!"

그런데 아빠는 말이야, 지금은 이렇게 얘기를 해.

"은수야, 나중에 네가 더 컸을 때 우리 좋은 친구가 되자."

누군가와 마음을 나눈다는 것

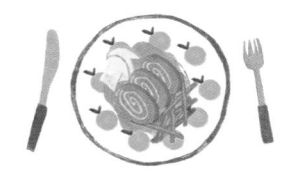

오래 전부터 알고 지낸 독신인 40대 초반의 형이 하나 있다. 이제까지 들어온 형의 일상은 참 단조롭다. 아침은 주로 커피 한 잔으로 해결하고 점심은 직원들과 근처 식당에서 먹는다. 저녁은 종종 마음 맞는 미혼 동료들과 먹거나 회식을 한다. 집에서 혼자 밥을 해 먹는 날은 거의 없다. 형은 2주에 한 번씩 인천에 사는 누나 집에 간다. 알츠하이머를 앓는 아버지의 병문안을 위해서 병원 근처에 사는 작은 누나의 집에서 주말을 보내기 때문이다.

형은 자주 배고픔을 느낀다. 그것은 몸이 칼로리를 원하는 것이 아님을 안다. 정이 고픈 것이다. 현대의 인간들이 비만으로 고민하는 진짜 원인은 패스트푸드나 고칼로리 음식이 아니다. 원인은 결핍에 있다. 대부분 가정집 냉장고에서 다 먹어내지 못해 상하거나 시들고 있는 그런 물질의 결핍이 아니라 감정적인 결핍.

감정적인 문제에서 오는 결핍은 그 무엇으로도 채워지지가 않는다. 정, 사랑, 우정, 가족의 따뜻함, 혼자가 아니라는 느낌, 그런 감정들이 충족되었을 때에야 비로소 허기가 가신다.

사랑을 하면 식욕이 없어진다는 말은 맞는 말이다. 아이가 배부르게 먹는 모습만 봐도 배가 부르다는 부모와, 서로 바라보고 있으면 배고픈 것도 잊는다는 연인들이 증거다. 그래서 혼자라는 외로움이 이제는 습관이 되어버린 형은 누군가 함께해도 늘 배가 고프다.

형은 회사 근처에 있는 단골이 되어버린 식당으로 갈 때마다 이런 상상을 한단다. 어린 시절 상을 펴고 식구들이 둘러앉아 어머니의 요리를 먹는 상상. 그 시절이 다시 올 수도 없지만 그 구성원이 다 모인다고 해서, 똑같은 음식을 먹는다고 해서, 그 맛이 날리가 없는데도 향수가 되어버린 그 시절을 끊임없이 마음속으로 불러낸다.

형은 오랜 독신 생활로 웬만한 요리는 할 수 있다. 요즘에는 남녀를 구분하지 않고 모두 요리를 하지만 20년 전만해도 남자가 요리를 한다는 건 특별한 이야깃거리였다. 대학시절, 형은 자취방에 놀러와 형의 요리를 먹은 친구들로부터 같이 사는 건 어떠냐는 제안을 심심찮게 들었다. 심지어 한 친구는 자기 여자친구가 만든 요리보다 형이 만든 것이 훨씬 맛있다고 노래를 불러 그 여자친구로부터 따가운 눈총을 받기도 했다.

하지만 그것도 이제 옛말이다. 별 것 아닌 요리에도 감탄을 하며 즐기던 시간은 이제 돌아오지 않는다. 형은 작은 누나 집의 넓은 주방과 많은 요리기구들을 봐도 요리를 하고 싶다는 욕구가 일지 않는다고 한다. 냉장고 안에서 시들시들 말라가는 채소들처럼 형의 열정도 사그라졌다. 회사 동료와의 식사나 회식 같은 것이 외로움을 덜어주지도 않는다. 군중 속의 외로움, 현대인이 느끼는 그 공허함을 형이 앓고 있기 때문이다.

어쩌다 혼자 요리를 해서 먹는 날, 식사를 마치면 형에게는 뒷일이 남아 있다. 너저분해진 주방, 쌓여 있는 그릇들. 형은 그것들을 바라보며 '내가 왜 이 짓을 하고 있나' 하는 자괴감을 느낀다고 했다. 형은 다시 그냥 시켜먹는 게 편하고 좋다고 생각한다. 이 시대를 살아가는 40대 독신남의 전형적인 모습이다.

형을 만나게 되면 마음을 담은 따뜻한 밥을 해주고 싶다. 하지만 안타깝게도 형의 결핍을 충족시킬 정도로 신경을 쓸 여유가 없다. 내게도 일상이 있다. 빡빡하게 잡혀 있는 스케줄, 가족들, 주방 식구, 지인들. 그러니 신경은 쓰이지만 전적으로 형의 마음을 알아줄 수는 없다.

사람들은 절친이라는 말을 쉽게 남용한다. 오래 알고, 자주 만나고, 다른 사람보다 가깝다는 이유가 절친의 조건이 될 수 없다. 만나면 즐겁지만 돌아서면 또 쓸쓸해지는 관계가 요즘에는 너무 많다. 특히나 혼자 사는 40대의 독신남이 느끼는 결핍은 내가 상상하는 그 이상일 것이다. 절친으로 지내온 친구들은 결혼을 하고 그들만의 가정이 더 중요해진다. 가족들도 각자의 생활로 바빠 깊은 이야기를 나누기 어려워지고, 늘 보는 직장 동료라고 해도 그들에게도 일상이 있고 대화는 늘 한정되어 있다. 그리고 곧 50이 되어 간다는 사회적 불안감까지 커져서 외로움은 고독으로 깊어진다. 그러니 절친을 만나더라도 같은 40대의 독신남이 아니라면 이야기는 항상 겉돌고, 그나마 옛 추억이라도 공유한 날이면 헤어져 돌아가는 시간이 더 쓸쓸해진다.

우리는 늘 곁에 함께할 누군가가 있다는 소중함을 잘 알지 못한다. 산소가 없으면 숨을 쉴 수 없지만 산소가 소중하다고 알지 못하는 것처럼 말이다. 그러다 마음이 힘들고 괴로울 때, 내게 따뜻한 손을 내밀어주면 그때서야 알게 된다. 당신이 거기 있었구나, 언제나 내 곁에서 나를 바라보고 있었구나 하고. 그러니 곁에 있지도 않은 사람에게 무언가를 기대한다는 것은 처음부터 어리석은 일인지도 모르겠다.

내 마음 속의 가족은 늘 한결같은 이미지다. 크게 내색하지 않더라도 서로의 아픈 곳을 미리 알아주고, 다가오지 않은 미래를 함께 걱정해주고, 작은 일에도 기뻐해주는 존재들. 하지만 각자의 삶으로 지친 현대의 가족들은 그 본래의 순기능을 많이 상실해버렸다. 형의 가족도 그렇다. 그들이 이상하거나 나쁜 사람들이라 그런 것이 아니다. 시대가, 사회가 그렇게 만들었다. 따로 떨어져 살면서 마음을 나눈다는 것은 언제나 참 어렵다.

그런 형의 얼굴이 언제부턴가 다시 밝아졌다. 어느 순간부터 얼굴 보기가 힘들어지더니 전화도 뜸해졌다. 한 번 전화를 걸어봐야겠다고 생각하다가 일 때문에 잊어버리기를 며칠, 그날은 외부 일이 생각보다 일찍 끝나 집으로 돌아가는 길에 전화를 걸었다. 처음엔 조금 망설였다. 형은 주말이면 평소보다 더 일찍 잔다. 유일한 낙인 새벽부터 시작하는 프리미어리그 축구 경기를 보기 위해서다. 혹시나 인천에 있는 작은 누나의 집이라면 아직 깨어 있지 않을까 기대를 하며 전화를 걸었다. 벨이 한 열 번쯤 울리고 전화를 끊으려는 순간이었다.

"어이, 잘 지내지?"

받자마자 조금은 상기된 목소리로 형이 소리를 높였다. 주위가 소란스러운 게 바깥인 것 같았다.

"요즘 통 연락도 없고, 뭐 좋은 일 있어?"

"그런가? 그러네."

뭔가 있긴 있는 모양이었다. 밤 10시가 넘은 시간에 이렇게 활기찬 목소리를 들은 것도 오래간만이었다. 무슨 일인지 당장 털어놓으라고 협박을 하려 했더니 형이 먼저 술술 털어놓는다. 그런데 주위가 시끄러워 잘 들리지 않았다. 좀 크게 말해 달랬더니 이번엔 목청이 너무 크다.

"나 방금 스카우트 제의 받았다고!"

"오, 축하해! 어떤 곳인데? 조건은 좋아?"

나는 진심으로 기뻤다. 그런데 전화기 너머로 한바탕 웃음이 들리더니 형도 큰 소리로 웃는데 뭔가 이상했다.

"뭐야? 진담이야, 농담이야?"

"진담인데 당장은 아니니 반은 농담이라고 봐야지. 잠깐만, 밖에 나가서 이야기할게. 여기가 시끄러워서. 아, 이제 좀 잘 들리지? 그게 어떻게 된 거냐하면….”

형은 요리학원에 다니고 있었다. 처음엔 회사 동료가 독립을 하면서 요리를 배우러 다니게 되었는데 같이 배우자고 하도 졸라 어쩔 수 없이 다니게 된 거였다. 요리라면 조금 자신도 있는데다가 그 학원은 남자들만을 위한 요리교실이라고 해서 무료함을 달래려 등록했다.

형은 다닌 지 며칠 만에 에이스로 등극하면서 생각지도 않았던 한식에 이어 양식조리기능사 자격증까지 땄다고 한다. 어제 자격증을 받아 요리교실 식구들끼리 파티 중이란다. 요리교실 식구들은 20대 후반에서 60대 중반까지 총 스무 명인데 형이 유일하게 자격증 두 개를 딴 사람이었다. 그중 한 분이 5년 뒤쯤 자기 가게를 오픈할 예정인데 형을 자신의 가게 주방장으로 꼭 와달라고 조르고 있는 중이란다. 형은 지금 일에 크게 불만은 없지만 언제 정리해고 될지 알 수 없는 일이니 잘리더라도 갈 데가 있다고 생각하니 든든하다며 또 실없이 웃는다. 다른 날이 비해 웃음이 많아졌다. 나도 덩달아 기분이 좋아졌다.

“형, 요리학원 사람들이랑 많이 친해졌나 보다.”

형의 목소리가 조금 차분해졌다.

"그러네. 여기 사람들과 만나면 즐거워. 요리라는 공통주제가 있어서 그런지, 맛있는 이야기에 맛있는 고민만 해. 학원은 일주일에 두 번인데 어쩌다 보니 거의 날마다 만나고 있어."

"요리를 하면 원래 그래. 할 이야기가 식재료랑 레시피만큼 많으니까."

"맞아. 남자들끼리 수다가 장난 아니야. 여자들이 왜 날마다 모여서 수다를 떠는지, 그 재미를 이제야 알았네."

형과 통화를 끝내고 집으로 돌아가는 길에 조나단이 생각났다. 조나단은 요리를 즐겨하는 친구다. 조나단과 처음 만났을 때만 해도 무슨 이야기를 해야 하나 고민되고 어색하기만 했는데 요리 이야기를 시작하면서 폭풍수다를 떨게 되었다. 스포츠나 낚시 같은 취미는 호불호가 갈리고, 특히 스포츠 같은 경우는 응원하는 팀이 다를 경우 오히려 관계가 더 어색해진다. 하지만 요리는 그런 것이 없다. 파스타를 싫어하더라도 피자를 좋아할 수 있고, 한식을 좋아한다고 해도 한식만 먹는 사람은 거의 없다. 그 어느 지점에서는 분명하게 통하는 뭔가를 발견할 수 있다. 그래서 요리가 좋다. 형도 이제야 자기만의 특기를 살린 진짜 즐거움을 찾은 것이다.

하루하루가 무의미하게 지나가는 것 같고, 더 늦기 전에 자신만의 취미를 하나쯤은 가지고 싶은 위기의 남성들. 특히 혼자 사는 남자, 스스로 끼니를 챙겨야 하는 남자인 경우 취미 삼아 요리를 배워보는 건 어떨까? 요즘은 남자만을 위한 요리교실도 있고, 문화센터 같은 곳에서도 요리를 배우는 남자들이 점점 늘어가는 추세다. 요리를 취미로 하는 남자를 가족이나 연인으로 둔 사람들은 어떨까? 대부분의 취미활동은 혼자만의 즐거움으로 끝난다. 하지만 요리는 더불어 공유할 수 있는 즐거움을 준다. 요리교실에서 만든 요리를 가족이나 연인에게 맛을 보여주고, 또 새로 배운 요리를 더 잘하기 위해 집에서 요리를 하게 되면서 함께하는 시간이 더 길어진다. 개인의 취미가 스스로의 즐거움뿐 아니라 상대방까지 즐겁게 해주니 이보다 더 멋진 취미가 또 있을까?

정, 사랑, 우정, 가족의 따뜻함, 혼자가 아니라는 느낌,
그런 감정들이 충족되었을 때에야 비로소 허기가 가신다.

WHY DO I COOK :

내가 요리하는 이유

by. Sam kim

'Sandwich' Look should be like this! 어떤 '샌드위치'를 만들까 고민 중이다. '소울푸드' 공연 때 관객 분들에게 나누어드릴 샌드위치를 생각 중인데···. 배고프면 안 되니까 이 정도 '샌드위치'는 되어야 하지 않을까? 고기는 빼고 그냥 감자랑 달걀을 넣을까? 빵도 '치아바타' 말고 플레인 '포카치아'로 해볼까?

재료

치아바타빵(1개), 미니 파프리카(2개), 양파(1개), 라디치오(1/4개), 마요네즈(1큰술), 소고기(스테이크 용100g), 다진 파슬리(1작은술), 발사믹 식초(1큰술), 올리브오일, 소금, 후추

소울푸드 샌드위치

조리법

1) 미니 파프리카를 2등분하여 올리브오일을 두른 팬에 구워주고, 올리브오
   일을 두른 다른 팬에 슬라이스한 양파를 넣고 갈색이 될 때까지 익혀준다.

2) 라디치오를 먹기 좋은 사이즈로 자른 뒤 올리브오일을 두른 팬에 넣고 익
   혀주다가 발사믹 식초를 넣고 다시 한 번 익혀준다. 그리고 소금간을 한다.

3) 올리브오일을 두른 팬에 소고기를 넣고 소금과 후추로 간을 한 뒤 살짝 익
   혀준다. 그리고 고기를 건져낸 뒤 치아바타빵을 2등분하여 살짝 구워준다.

4) 빵에 마요네즈를 발라준 뒤 구운 양파와 라디치오, 구운 소고기와 파프리
   카를 올려준다. 그 위에 다진 파슬리를 뿌려준다.

아이와 함께 만든 한솥밥

일요일 아침, 다니엘이 파스타를 해달라고 한다. 파스타란 발음이 여전히 어려운지 '파으타'를 해달란다. 처음에는 무슨 말인지 알아듣지 못해 끊임없이 되물었다. 그런 아빠가 답답했던지 다니엘이 나를 주방으로 끌고 가서 서랍을 열고 직접 면을 꺼내며 "이거, 이거!"라고 확실한 의사표시를 했다. 그제야 '파으타'가 '파스타'라는 걸 알았다. 그 뒤로 으레 파스타를 해달라고 할 때마다 다니엘은 서랍부터 연다. 내 주방 서랍에는 다양한 종류의 파스타가

114

들어 있어서 다니엘은 그때그때 먹고 싶은 면을 골라 요리해달라고 주문하는 편이다. 가끔은 그 서랍을 한꺼번에 쏟아 장난을 치다가 주방 바닥을 엉망으로 만들기도 한다. 오늘 다니엘이 고른 면은 이탈리아어로 조개껍데기란 뜻을 가진 '꽁낄리에'다. 한입에 쏙 들어가기도 하지만 면의 모양이 재미있게 생겨서 다니엘의 마음에 든 모양이다.

주말 요리는 내가 혼자 음식을 만들더라도 꼭 가족요리가 된다. 주방에서의 역할 분담도 항상 정해져 있다. 나는 주방장, 아내는 보조요리사, 다니엘은 총 감독관이다.

주방에 들어서면 우리 셋은 자연스럽게 각자의 앞치마부터 두른다. 셋이 세트로 입을 수 있는 이 체크무늬 가족 앞치마는 한국 메이크어위시재단에서 선물로 받은 것이다. 예전에 이 재단에서 주최하는 난치병 아이들의 소원을 들어주는 프로젝트에 참여한 적이 있다. 그때 만난 아이는 요리사가 꿈인 수빈이었다. 수빈이는 병간호로 고생하는 부모님께 음식을 만들어드리고 싶다고 했다. 우리는 함께 케이크와 파스타를 만들어서 부모님께 드렸다. 하지만 정작 수빈이는 자신이 만든 음식을 한 입도 먹지 못했다. 수빈이는 목에 호스를 끼고 간신이 죽을 흡입하는 소아암 환자였다. 수빈이에게 1일 셰프 수여증을 주었는데, 그때 아기처럼 웃던 수빈이의 모습이 아직도 눈에 선하다. 그 모습이 너무 사랑스럽고도 마음이 아파서 집에 있는 다니엘이 보고 싶었다. 그 후 다행이 수빈이의 상태가 많이 좋아졌다는 소식을 듣고 기쁜 마음과 동시에 안도의 가슴을 쓸어내렸다. 두 번째 행사가 끝나고 재단에서 이 가족 앞치마를 선물해주었는데 일부러 내가 좋아하는 체크무늬로 만들어 보내주었다. 이 앞치마를 두르면 가끔 수빈이의 근황이 궁금하다.

앞치마를 두른 다음에는 다 같이 주방에서 손을 씻는다. 다니엘은 요리를 하지 않지만 나와 아내가 손을 씻으면 "나도, 나도!" 하면서 따라하는데 가끔씩 작은 물장난으로 번지기도 한다. 누군가 먼저 손에 남아 있는 물기를 상대방의 얼굴에 튕기면 다 같이 범벅이 되어 서로의 얼굴에 물을 튕기다 윗옷이 흠뻑 젖을 때도 있다. 함께 주방에 있다 보면 그 모든 것이 재미있는 장난거리가 돼서 요리를 시작하기 전부터 실랑이가 일기도 하고 다니엘의 울음보가 터져 곤란한 상황에 빠지기도 하지만 그것도 나름대로 시끌벅적한 주말 아침 풍경으로 흐뭇하다.

놀이가 끝나면 냄비에 파스타를 삶을 물을 끓인다. 면을 넣기 전에 소금을 넣는다. 물이 끓는 동안 재료를 준비하는데, 오늘은 양파와 베이컨, 마늘을 넣은 꽁낄리에 파스타다. 본격적인 요리가 시작되면 다니엘은 호기심 많은 감독관이 되고, 아내와 나는 투닥거리며 감독관의 지시에 따르려 노력한다. 가끔 다니엘에게 요리하는 모습을 안 보여주면, 다니엘은 내 앞치마 주머니를 잡아당기면서 '이건 뭐야, 저건 뭐야' 하면서 끊임없이 묻는다. 간혹 자신이 원하는 재료를 안 넣으면 화를 낼 때도 있어서 아이를 달래느라 요리시간이 점점 길어질 때도 있다. 그렇다 보니 가끔 다니엘이 딴청을 부릴 때가 있는데 그 기회가 오면 내 손은 평소보다 두 배는 빨라진다.

처음 아이에게 파스타를 먹이기 시작했을 때는 소금물을 안 쓰고 파스타를 삶아줬더니 면이 달라붙어 잘 떨어지지 않았다. 아이는 들러붙은 면과 씨름을 하다 나중엔 성질을 내며 바닥에 던져버린 적도 있다. 그것을 동영상으로 찍어두었는데 최근 들어 아들에게 그 영상을 보여줬다. 예전의 자기 모습이 신기한지 한참을 심각하게 들여다보다가 면을 바닥에 던지는 장면이 나오면 언제나 까르르 웃음보가 터진다.

차츰 어른이 먹는 것처럼 만들어주었다. 너무 짜지 않도록 파스타를 물에 씻어 먹였다. 특히나 그 시기에는 늘 아내와 다툼을 벌였다. 나는 파스타를 만들 때 오일을 넉넉하게 두르는 편인데 아내는 칼로리가 높다는 이유로 아이의 파스타에 오일을 많이 두르는 것을 싫어했다. 그러면 나는 올리브 오일은 불포화지방산이라 몸에 좋다고, 살이 많이 찌지 않는다고 반박을 했다. 결국 이 긴 싸움에서 내가 이겼다. 이제는 내가 원하는 만큼 넉넉하게 오일을 두르고 파스타를 볶는다.

달군 팬에 베이컨과 양파를 볶고, 삶은 꽁낄리에를 건져 함께 넣어 볶다 소금과 후추로 간을 한다.

내가 파스타를 만드는 동안, 아내는 옆에서 과일 요거트를 만들기 위해 준비 중이다. 다니엘은 과일을 무척 좋아한다. 과일이 싱크대에 등장하자 내게 간섭하던 것을 멈추고 엄마에게 지시를 하기 시작했다. 덕분에 내 파스타는 순조롭게 완성 단계에 접어들었다.

아내는 두 음식이 같이 나올 수 있도록 믹서에 과일들을 넣기 시작했다. 이때가 다니엘이 가장 바빠지는 시간이다. 다니엘은 믹서에서 여러 색깔의 과일들이 갈리면서 하나의 색으로 변하는 것을 보는 걸 좋아한다. 재료를 넣을 때도 식탁 의자에 서서 이것저것을 넣으라고 지시를 하면서 '우와! 우와!' 하고 믹서를 향해 감탄사를 연발한다. 오늘의 음료는 바나나와 블루베리, 플레인 요거트를 넣어 만든 '블루베리 바나나 요거트'다.

내가 완성한 파스타를 접시에 담는 동안 아내는 요거트를 세 개의 컵에 나누어 붓는다. 재미있는 것은 아내가 늘 같은 컵에 똑같이 나눠주는데도 다니엘은 꼭 양을 확인한다. 만약 조금이라도 자기 것이 적다고 느껴지면 왜 자기는 적게 주냐고 항의가 대단하다. 그래서 아내는 늘 마지막 양을 아주 조심해서 따른다.

이제 식탁이 차려지고, 우리는 식탁에 둘러 앉아 맛있게 요리를 먹기 시작했다. 어느 날부터 다니엘이 짜다는 표현을 하기 시작하더니 이제는 표현도 몇 개로 늘었다. 나는 다니엘에게 맛있냐고 물어본다. 다니엘은 대답이 없다. 대답하느라 멈추지 않고 계속 먹는 지금이야말로 다니엘이 내게 말해주는 최고의 극찬이다. 자기 몫의 파스타를 다 먹어치우고는 다니엘이 빈 접시를 내민다.

"아빠, 또 줘!"

그 말 한마디에 나는 조금 더 즐거워지고, 더 행복해진다. 자신이 만든 요리의 접시가 말끔하게 비워져 주방으로 들어올 때 요리사는 뿌듯함을 느낀다. '내 요리가 맛있었구나' 하고 내 요리에 자신감이 생긴다. 하지만 직장에서 느끼는 감정과 집에서 요리를 했을 때 느끼는 감정은 다르다. 손님에게 인정을 받을 때보다 이 세상에서 가장 가까운 존재인 가족에게서 받는 인정은 내게 무한한

힘을 준다. 모든 것의 시작과 기본인 가족은 내가 일을 하는 이유이자 열심히 살아야겠다는 각오를 다지게 만드는 원동력이기 때문이다. 그래서 아내와 다니엘과 함께하는 요리는 언제나 특별하다. 가족이 함께 요리를 하고 같은 요리를 나눠 먹을 수 있다는 것은 참으로 고맙고 또 고마운 일이다.

"아빠, 또 줘!"

그 말 한마디에 나는 조금 더 즐거워지고,

더 행복해진다.

IF YOU COOK

만약 당신이 요리를 한다면

아이에게 사랑을 전할 수 있다.

밤늦게까지 공부하는 딸 현아를 위해

창원 씨가 서툰 솜씨로 만든 사랑이 담긴 주먹밥.

우리 딸 현아야

늦은 밤까지 공부하느라 힘들지? 아빠도 밤에 공부할 때 이상하
게도 출출하고 그랬단다. 공부하다 나와서 냉장고 문을 열어 뭐
먹을 게 없나 찾아보기도 하고, 라면을 끓여 먹기도 했지.

우리 딸도 공부하다 출출해할 것 같아서 아빠가 주먹밥을 만들었
단다. 주먹밥 안에는 현아가 좋아하는 스팸과 참치마요네즈를 넣
었어.

주먹밥 맛이 뭐 별 거 없다지만, 아무 맛도 안 날까봐 은근히 걱
정이 되네. 그래도 현아가 맛있게 먹어줬으면 좋겠구나.

널 항상 응원하는 아빠가.

그때, 당신과 먹었던 그 음식

인터뷰 중에 아내와 연애 시절 함께 먹었던 추억의 요리를 말해 달라는 질문을 받은 적이 있다. 그 질문에 가장 먼저 떠오른 것은 치즈 김치볶음밥이었다. 내 입맛에는 정말 맛있어서 연애 초기에 치즈를 듬뿍 넣어 만들어줬는데 반응이 신통치 않았다. 하지만 아내가 '맛있다'라고 말해줘서 나는 그렇게 믿고 있었다. 그런데 한참의 시간이 지나고 우리가 결혼을 하고나서야 아내는 이실직고했다. 처음 먹었을 당시, 너무 느끼해서 먹기 힘들었는데 내가 좋아하는 모습이 너무 눈에 보여 차마 그렇게 말할 수 없었다는 것이다. 처음엔 배신감이 들었다. 나는 아내가 좋아한다고 생각해서 몇 번이나 만들어줬는데 사실은 억지로 먹은 거였다니, 그건 배신이 아닐 수 없었다. 그런데 시간이 지나자 아내에게 미안하고 또 고마웠다. 내 기분을 배려해 입맛에 맞지 않는 음식을 맛있는 표정으로 억지로 먹어준 그 마음이 너무 예뻤다. 그래서 우리에게 치즈 김치볶음밥은 애증이 교차하는 요리가 됐다. 함께한 시간이 길었던 만큼 우리에게 추억의 요리는 무궁무진하다. 그중에서도 조금 더 특별한 추억의 요리를 꼽으라면 차우더와 안동찜닭이 떠오른다. 아마도 너무 오랫동안 떨어져 지내다 짧은 시간을 함께한 순간에 만난 요리라서 기억 속에 더 강하게 남아 있는지도 모르겠다.

그날은 크리스마스였다. 정말 오래간만에 서로 얼굴을 보는 것이라 함께 있다는 것만으로도 충분히 좋았다. 아내와의 만남은 즐거움도 주었지만 가장 힘들었던 순간을 버틸 수 있는 큰 위로기도 했다. 아내와 연애를 하던 시절, 우리는 미국에서 아주 드물게 만나 데이트를 했다. 내가 미국에서 요리를 배우는 동안 아내는 호주에서 유학 중이었기에 주로 전화를 붙잡고 서로의 애정이 아직

견고하다는 것을 위안삼으며 서로를 그리워했다. 그러다 아내가 시간이 나면 크리스마스 같은 특별한 날에 나를 보러 미국으로 와 주었다. 직업을 가진 나로서는 호주까지 다녀올 여유가 없었기 때문에 아내가 수고로움을 감수했다.

그날, 우리는 근처 해변을 걸었다. 겨울이라고는 하지만 캘리포니아 특유의 온화한 날씨 속에서 우리는 마냥 즐거웠다. 그런데 갑자기 날씨가 나빠지더니 비가 내리기 시작했다. 외국에서는 가랑비처럼 비가 많이 오지 않을 때는 비를 그냥 맞고 다니는 사람들이 많아서 우리도 조금 참아보려고 했다. 하지만 곧 빗줄기가 거세지고 폭풍이라고 말할 수 있는 정도로 센 바람까지 불기 시작했다. 달콤했던 해변 산책은 크리스마스의 악몽으로 바뀌고, 비를 피할 수 있는 곳이면 어디라도 좋다는 마음으로 들어간 곳이 하필 바^{Bar}였다. 마침 점심을 먹어야 할 때라 요리를 주문하려고 고르고 있는데 바텐더가 웃으며 어떤 술을 마실 것인지 물었다.

"술 말고 요리를 먹으려고 해요."

우리가 술은 마시지 않을 거라는 것을 알자마자 바텐더의 표정이 돌변했다. 마치 화가 난 사람처럼 우리가 요리를 주문하려고 해도 모르는 척 신경도 쓰지 않았다. 화가 나기는 우리도 마찬가지였다. 마음 같아서는 당장 자리를 박차고 일어서고 싶었지만 폭풍우가 우리를 가로막고 있었다. 나는 오래간만의 데이트가 더 망가지는 것이 싫어서 바텐더에게 가서 직접 주문을 했다. 요리는 아내가 좋아하는 차우더 Chowder (조개, 새우, 게, 생선류를 끓여 크래커를 곁들여 내는 수프) 로 골랐다. 겨우 주문을 하고 요리를 기다리는 동안 아내의 얼굴은 바깥 날씨처럼 개일 기미가 보이지 않았다.

요리가 나오고, 억지로 기분을 끌어올려 차우더를 한 스푼 떠먹는 순간 우리는 둘 다 깜짝 놀라 서로의 얼굴을 마주봤다. 그곳에서 먹었던 차우더는 어느 특급 호텔 요리와 비교해도 손색이 없을 정도로 너무 맛있었다. 차우더를 한 입 떠먹자 그동안 불쾌했던 감정이 순식간에 사라졌다. 아내도 마찬가지였다. 조금 전까지도 거센 폭풍우를 일으킬 듯 무서운 얼굴로 있던 아내의 얼굴이 비온 뒤 맑게 갠 하늘처럼 싱그러워졌다. 그 모든 나쁜 기억들이 맛있는 차우더 한 접시에 모두 사라진 것이다. 많은 시간이 지나고 그날의 악몽 같던 일은 이제 조금은 코믹하고 즐거웠던 기억으로 바뀌었다. 그리고 그날부터 나도 아내처럼 차우더를 좋아하게 됐다. 아내와 외식을 하게 되는 경우 메뉴에서 차우더를 발견하면 "그 맛이 날까?" 하고 서로에게 묻는다. '그 맛'이 어떤 맛을 말하는지 이야기하지 않아도 우리는 서로가 캘리포니아 해변의 그 레스토랑과 그날의 차우더 맛을 떠올린다는 것을 안다.

오랜 시간을 함께 지나온 사람들은 입맛과 생각이 비슷해진다고 한다. 서로 다르게 태어난 사람들이 만나 함께 즐길 수 있는 맛을 찾고, 서로의 호감도가 높아지면 조금씩 상대의 취향에 관심을 갖기 시작한다. 그런 시간들이 쌓이면서 자연스럽게 서로의 입맛과 생각을 알게 되고 어느 순간에 서로를 닮아간다. 물건을 보면 서로 같거나 비슷한 것을 떠올리는 것은 오랜 시간을 함께해온 이들에게 주어지는 작은 선물이다. 그래서 좋은 인연은 스스로를 더 성숙하게 만들지만 나쁜 인연은 돌이킬 수 없는 나락으로 끌고 가기도 한다. 시간을 공유한다는 것은 그만큼 행복하면서도 무서운 일이다.

차우더에 얽힌 추억과는 조금 다르지만 비슷한 경험을 한인 타운에서도 한 적이 있다. 영화나 드라마를 보면 주인공이 흔치 않는 실수를 하는 장면이 자주 나온다. 나는 그런 장면들을 보면서 상상력이 너무 부족해서 거의 일어나지 않는 고리짝 패턴을 여전히 반복하는 구나, 하고 씁쓸해했다. 그런데 그게 아니었다.

그날도 아내가 미국으로 나를 만나러 와준 때였다. 아내가 한국 음식이 먹고 싶다고 해서 우리는 안동찜닭을 먹으러 한인 타운에 갔다. 외국생활이 길어지면서 우리는 둘 다 한국이 그리웠다. 향수에 젖어 한인 타운을 거닐며 한국 물건들을 구경하면서 마음에 드는 찜닭 가게를 찾았다. 요리를 주문하고 기다리는 동안 한국에서 먹었던 매콤하고도 짭조름한 기억을 되살리며 우리는 기분 좋게 군침을 흘렸다. 드디어 요리가 나오고, 고향의 맛을 떠올리며 찜닭을 한 입 베어 물었는데 맛이 조금 이상했다. 분명 상한 것은 아닌 것 같은데 맛이 시큼했다. 우리는 서로 눈짓을 하며 어떻게 할지 잠시 고민했다. 그대로 먹을 수도 없고, 젓가락을 놓고 그냥 나올 수도 없어 주방 요리사를 불렀다.

"맛이 조금 이상해요. 저희들 입맛이 이상한 건 아닌 것 같은데요. 한 번 맛 좀 보세요."

요리사는 그럴 리가 없다는 표정으로 한 젓가락 먹어보더니 인상을 찌푸렸다. 그러고는 뭔가 생각났는지 급히 사과를 했다.

"죄송합니다. 미림을 넣는다는 것이 바로 옆에 있는 식초를 넣은 모양이에요."

식초 용기와 미림 용기는 형태가 비슷하고 색깔이 같다. 충분히 헷갈릴 수도 있다. 비슷한 용기에 담아두면 색깔과 입자가 거의 유사한 설탕과 소금도 마찬가지다. 이것들을 실수로 잘못 넣는 상황은 드라마나 영화에서 가끔 보긴 했지만 실제로 내게 그런 일이 생길지는 몰랐다. 우리는 기가 차기도 하고 재미있기도 해서 웃으며 알았다고 했다. 요리사는 다시 안동찜닭을 만들어왔고, 이번에는 우리가 기대하던 바로 그 맛이었다.

　살다 보면 이런 드라마틱한 순간들을 가끔 만난다. 드라마를 보면서도 과장이 심하다고 비웃었던 장면들이 내게 벌어지는 것이다. 그런 추억들이 나 혼자만의 것이었다면 어땠을까? 남들에게 그 이야기를 해줄 때면 꼭 내가 허풍선이처럼 보일 것이다. 그럴 때면 억울한 생각이 들어 누군가 내 편을 들어주면 좋겠다는 생각을 할 수밖에 없다. 그 특별한 순간을 함께한 이가 있다는 것은 이렇게 든든한 아군을 만드는 일이다. 아내와의 추억의 요리가 이렇게 쌓여가면서 우리는 서로에게 더 견고한 버팀목이 되어간다.

차우더를 한 입 떠먹자
그동안 불쾌했던 감정이
순식간에 사라졌다.

WHY DO I COOK

내가 요리하는 이유

by. Sam kim

비가 오는 명절 연휴 첫날! 왠지 오늘 같은 날씨에는 딱이 '클램차우더'가 생각난다. 담백한 조개와 감자 그리고 브레드크림! 음, lovely! 오늘따라 울고불고 떼를 쓰며 레스토랑에 못 나가게 하는 다니엘과 아내를 뒤로 하고….

재료

바지락조개(30개), 감자(1개), 셀러리(1줄기), 양파(1/2개), 베이컨(슬라이스한 베이컨 3장), 빵가루(3큰술), 생크림(2컵), 화이트 와인(1큰술), 마늘(2개), 올리브오일

클램차우더

조리법

1) 냄비에 올리브오일를 두른 후 마늘을 살짝 볶다가 해감한 조개를 넣고 볶는다. 화이트와인을 넣고 다시 한 번 살짝 볶아준 뒤 뚜껑을 덮는다. 조개의 입이 열리면 조갯살을 따로 분리하고 조개육수는 따로 보관한다.

2) 감자를 작은 주사위 사이즈로 자르고 양파와 셀러리는 잘게 썰어놓는다.

3) 냄비에 올리브오일을 두른 후 슬라이스한 베이컨을 넣어 완전히 익혀준 뒤 베이컨을 건져내고 감자를 넣어 볶아준다. 양파와 셀러리, 분리해놓았던 조갯살을 넣고 볶아준다.

4) 따로 분리해둔 조개육수를 3)에 넣어주고 살짝 끓여준 뒤 생크림을 넣고 약불에서 살짝 졸여준다.

5) 팬에 빵가루를 넣어 빵가루가 노랗게 될 때까지 구워준 뒤 완성된 클램차우더 위에 뿌려준다.

귀찮게 하지 않을게

어떤 남자는 지갑에 아내 사진을 넣고 다니며 힘들 때마다 꺼내 본다고 한다. 아내 사진을 보면서 "내가 이런 여자랑 사는데 인생 이 좀 힘들면 어때?" 하고 생각하면 저절로 힘이 난다는 것이다. 그 남자 이야기를 들으며 그의 아내가 어떤 사람일지 대충 짐작이 갔다. 그렇게 아내를 소중하게 생각하는 남편과 함께라면 그 아내 도 분명 행복할 것이다.

요즘은 이렇게 행복하게 나이를 먹는 부부를 찾아보기가 점점 어려워지고 있다. 황혼이혼이라는 말이 별로 낯설지도 않고 이슈에서도 점점 멀어지고 있는 걸 보면 이미 그 말이 주는 의미가 우리에게 익숙해졌다는 뜻일 거다. 특히나 5,60대 남성의 경우 늘 이혼의 위기에 직면해 있다고 해도 과언이 아니다.

어디선가 퇴직한 남편이 하지 말아야 할 행동 지침이란 것을 들은 적이 있다. 배고프다고 아무 때나 밥 달라고 하지 말 것. 아내가 친구를 만난다고 할 때 따라가겠다고 하지 말 것. 일이 없더라도 외출을 해서 아내를 귀찮게 하지 말 것. 아내가 외출하고 돌아오면 어디 갔다 왔느냐고 물어보지 말 것. 그 외에도 여러 가지가 더 있었다. 실제로 남편이 경제력을 잃으면 집에서 외계인 보듯 하거나 아예 투명인간 취급을 받는 남편들도 많다고 한다.

처음 그런 이야기를 들었을 때는 같은 남자로서 너무 화가 났다. 반평생을 같이 산 남편에게 어떻게 그럴 수 있는지 무서웠다. 하지만 그런 남편을 둔 아내의 변을 들어보면 그 마음을 조금은 이해할 수도 있을 것 같았다. 경제 활동의 피곤함을 핑계로 아내를 소중하게 대하지 못하고, 아이들에겐 무심한 가장, 여러 가지 집안일도 당연히 아내가 해야 한다고 생각하고, 무슨 일이라도 생기면 '집에서 놀고먹으면서 하는 일이 뭐냐'고 인격모독에 가까운

폭언을 아무렇지도 않게 퍼붓는 가장. 그런 가장의 최대 무기였던 경제력이 없어지면 그간 억눌러 참기만 했던 아내의 마음이 터져버리는 것이다. 아내들의 "늙으면 두고 보자!"는 말이 바로 그 의미일 거다.

이제 남자들도 달라져야 한다. 이렇게 언제 터질지도 모르는 시한폭탄을 안고 살기에는 인생이 너무 길다. 남편은 아내하기 나름이란 말 그대로 아내도 남편하기 나름이다. 처음부터 아내에게 잘했으면 좋았겠지만… 지금부터라도 잘하면 된다.

먼저 스스로가 어떤 남편이었는지 한번 되돌아보는 게 필요하다. 자기 감정에 젖어 주관적으로 판단하려 하지 말고 조금은 객관적일 필요가 있다. 내가 해온 행동을 만약 아내가 했다면 어떤 기분이 들까 생각해보고, 역지사지의 입장에서 바라봐야 한다. 다음으로는 내가 아내에 대해 알고 있다고 생각하는 것을 글로 적어보자. 좋아하는 것과 싫어하는 것, 하고 싶은 것과 하기 싫은 것 그 무엇으로 나눠도 좋다. 그리고 시간이 날 때마다 틈틈이 그 사실을 확인해보라. 한꺼번에 많은 것을 물으려 하지 말고 조금씩 물어보는 것이 좋다. 답지를 맞추듯 아내를 다그치다 보면 진실은 더 알기 어려워진다. 그렇게 천천히 아내와 이야기를 나누다 보면 당신이 생각하던 것과 아내가 많이 다르다는 것을 알 수 있을 거다. 옛날 어머니들이 흔히 했던 거짓말에는 '생선 대가리를 더 좋아한다'와 '조금 전에 먹어서 생각 없다'가 있다. 많은 아이들이 성인이 되기 전까지 어머니는 정말 몸통보다 생선 대가리를 더 좋아한다고 믿었다. 혼자 치사하게 좋은 것을 먹고 밥 생각이 없는 줄 알았다. 그런데 딸들이 자라 엄마가 되면 알게 된다. 어두육미라고 하지만 살점도 많고 먹기도 편한 몸통이 더 좋고, 혼자서 몰래 밥을 먹을 만한 한가한 시간은 좀처럼 나지 않는다는 것을. 그렇게 딸들은 엄마의 마음을 이해하고, 세상에서 가장 그리운 이름이 '친정 엄마'가 됐다. 지금은 시대가 변했다고 하지만 여전히 많은 아내들이 가족을 위해 아닌 척, 모른 척, 자신의 욕망에 대해 눈을 감고 살고 있다. 그래서 아내를 다 알기란 더더욱 어렵다.

아내에 대해 어느 정도 알게 되면 주말에 아내가 좋아하는 음식으로 하루 한 끼 밥을 차려 봐줬으면 좋겠다. 라면이나 간단한 찌개 하나 끓여주는 것 말고 정식으로 한 끼의 식사를 대접한다는 마음으로 요리를 하는 것이다. 당연히 아내도 좋아하겠지 하는 생각으로 평소 아내가 자주해주던 반찬으로 메뉴를 짜지 않도록 한다. 가족들이 좋아해서 자주 만들지만 사실은 아내가 결혼 전에는 싫어했거나 여전히 좋아하기 힘든 반찬일 수도 있다. 무슨 요리를 할지 정하면 일단 장부터 보고, 그 다음은 넉넉하게 시간을 잡고 요리를 한다. 당신이 어떤 요리를 하게 될지 모르겠지만 조리법은 다양했으면 좋겠다. 생선을 굽게 되면 채소는 데치고, 고기는 볶아주는 게 좋다. 조리법이 다양하면 영양 균형에도 좋고 식탁도 더 풍성해 보인다. 그리고 간은 너무 빨리 맞추지 말고 마지막에 한두 번 본다는 생각으로 요리하는 게 좋다. 너무 짠 요리는 몸에도 해롭다. 요리가 완성되면 접시에 담아 정갈하게 상을 차린다.

자, 이제 당신의 아내를 식탁으로 부를 차례다. 아내가 식탁에 앉으면 이런 말 한마디쯤 해주면 좋다.

"요리가 이렇게 힘든지 몰랐어. 그동안 말하지 못했는데 정말 고마워."

아내의 존재가치를 인정해주는 말은 이제까지 아내 자신이 했던 모든 수고로움을 헛되지 않게 해준다. 그동안 얼음장처럼 차갑고 무거웠던 마음도 조금은 녹여낼 수 있을 정도의 힘을 가진 말이다. 그 말에 더 깊은 진심을 담는다면 요리와 더불어 아내의 마음을 단박에 녹일 수도 있다. 사람의 마음은 단 한 번에 이쪽으로도 저쪽으로도 돌아설 수 있다.

아마 아내는 알 것이다. 손에 익지 않은 요리를 하느라 당신이

무척 힘들었을 거란 걸. 당신의 마음이 진심이라면, 그 말이 진심
이라는 것을 한 끼의 식사로 단번에 전할 수 있다.

IF YOU COOK

만약 당신이 요리를 한다면

고마운 마음을 전할 수 있다.

맞벌이를 하는 원석-다숙 부부.

늘 늦게까지 야근하고 돌아오는 다숙 씨를 위해

원석 씨가 차린 토요일 점심 밥상.

아내는 늘 피곤하다. 퇴근시간에 퇴근한 적이 없는 아내.

그럼에도 불구하고 아내는 늘 이른 아침에 일어나서 내 아침상을
차려준다.

내가 아침을 먹고 나가지 못할 때는 서둘러 샌드위치 같은 간편한
음식을 준비한다. 늘 고맙고 미안해서 늦잠을 자는 아내를 위해
거창한 점심을 준비하려 했다. 냉장고를 열어 이것저것 재료를
찾았다. 뭔가 화려한 걸 준비하려 했지만 결국 내가 만든 건 소박
한 비빔밥이었다. 밥에 반찬 몇 가지를 얹고, 계란 후라이 하나를
만들어서 올려놓은 소박한 비빔밥.

무엇 하나도 특별하지 않은 밥을 아내는 내가 미안할 정도로 맛
있게 먹어주었다.

나는 또 아내에게 고맙다.

나만의 프러포즈

한 매체와 인터뷰를 끝내고 사담으로 '프러포즈에는 어떤 요리가 좋을까요?'라는 질문을 받은 적이 있다. 내가 이탈리아 요리를 만들다 보니 처음엔 이탈리아식 단품 요리나 코스 요리들이 떠올랐다. 하지만 곧 궁금증이 생겼다. 평생의 반려자가 될 사람에게 정식으로 결혼을 신청하고 허락하는 자리는 얼마나 떨릴까?

　나는 결혼을 했지만 아내에게 정식으로 프러포즈를 한 적이 없다. 여러 곳에서 밝혔듯이 내 공식적인 프러포즈는 〈리빙쇼, 당신의 여섯 시〉라는 TV 프로그램에서였다. 내가 결혼을 한다는 소식을 들은 이선영 아나운서가 방송 뒤 30초가 남았다며 프러포즈를 할 수 있게 그 시간을 내게 준 것이다. 갑작스런 제안이었고 준비한 것이 없으니 멋진 미사여구나 감동적인 웅변을 펼치지도 못했다. 그냥 내 진심을 담은 소박한 멘트였다.

"당신과 매일 아침을 함께 하고 싶어.
그 아침마다 맛있는 요리를 만들어주고 싶다."

그런데 그건 프러포즈가 아니었다. 어쩌다 보니 정작 당사자인 아내는 이 방송을 보지 못한 것이다. 나중에야 녹화된 것을 보게 되었고, 말하자면 프러포즈에 대해 이미 들은 뒤라서 긴장이나 두근거림 같은 현장감이 생길 수 없는 상태였다. 그 분함 때문일까? 프러포즈에 관한 이야기가 나올 때마다 아내에게선 "왜 아침밥 매일 안 해주는 거야!" 하는 타박만 돌아온다. 그래서 여전히 아내에게 미안하다.

만약, 예고 없이 내가 아내의 얼굴을 마주보며 청혼을 했었더라면 어땠을까? 오랜 연인 사이었지만 그 자리가 주는 분위기에 압도되어 입술이 마르고 다리가 떨리지 않았을까? 긴 면 요리를 휘

감고, 포크와 나이프로 우아하게 스테이크를 썬다고 해서 그 맛을 느낄 수나 있었을까? 그 생각을 하자 요리보다는 로맨틱한 두근거림을 더 오래 유지시켜 줄 수 있는 것에 마음이 갔다.

　아는 지인은 갈비 집에서 프러포즈를 받았다고 한다. 여기저기서 지글지글 갈비 굽는 소리와 온몸에 밴 고기 냄새. '프러포즈가 이게 뭔가' 하는 황당한 마음도 들었지만 마침 갈비가 너무 맛있어서 '그럼 됐지 뭐' 하고 배부르게 먹고 나왔다고 한다. 그래도 여자들에게는 프러포즈에 대한 로망이 있다고 한다. 남자들은 그 시간이 오면 걱정을 하면서 주위 친구나 선후배, 인터넷을 뒤지며 준비를 한다. 그러다 보니 다들 비슷비슷한 프러포즈를 할 수밖에 없다. 차 트렁크에 풍선을 가득 싣거나 플랜카드를 걸고 촛불로 하트 길을 만들고, 꽃다발과 반지가 든 케이크를 준비하고…. 이런 식상한 프러포즈를 좋아하는 여자들도 많겠지만 의외로 이런 요란한 의식이 너무 싫다는 사람들도 많다. 생각해보면 프러포즈는 가장 떨리는 순간이고 서로의 마음에 오랫동안 기억될 추억일 텐데 남들이 다하는 영화 〈귀여운 여인〉의 리처드 기어 흉내를 낼 필요가 있을까?

음식은 샴페인이나 와인, 안주접시, 달콤한 케이크만으로도 충분하다. 밖에서 식사를 하고 가볍게 걸으며 소화를 시킨 다음 프러포즈 장소로 이동한다. 이때 케이크를 직접 만들어 준비하는 것이 포인트다. 남자들이 어떻게 케이크를 굽느냐고 어려워할 수도 있지만 아주 간단하고 쉽게 만들 수 있는 방법들도 많다. 예를 들어 코코아로 만든 코코아 스펀지케이크의 경우에는 반죽 발효과정이 없어서 굽기만 하면 된다. 코코아가루, 밀가루 강력분, 계란노른자와 흰자, 버터, 파우더 설탕을 비율에 맞춰 섞은 후에 빵 틀에 넣고 굽는다. 다 구운 빵은 한 김 식혀 반으로 자르고, 속이 촉촉하게 시럽을 바른다. 그리고 안에 체리나 바나나, 파인애플 같은 과일을 다져 넣고 생크림을 발라 덮는다. 케이크 위는 생크림과 초콜릿, 꽃으로 장식한다. 직접 해보면 생각보다 더 간단하다.

브라우니 케이크를 만들어도 좋다. 보통 브라우니를 구울 때, 얇게 굽는데 프러포즈 케이크를 만들 땐 좀 더 두껍게 굽는 걸 추천한다. 두툼하게 구우면 겉은 파삭파삭 하면서도 속은 촉촉하고 부드러워서 달달한 프러포즈에 잘 어울린다. 바닐라 아이스크림을 곁들여 먹으면 최고다.

이제 케이크가 익는 동안 와인에 어울리는 나만의 특별한 안주접시를 만든다. 남자들 중에는 와인과 어울리는 안주가 뭐가 있는지 잘 모르겠다는 분들도 많다. 그래서 여자의 기대치도 높지 않다. 이럴 때는 안주 조합만 잘 하면 생각보다 더 근사한 접시를 만들 수 있다. 맛이 좋은 햄을 자르고, 씨 없는 청포도를 담고, 치즈를 찢어 넣고, 잣과 건포도 같은 견과류를 하나의 접시에 예쁘게 담는다. 혹시 고르곤졸라치즈를 좋아한다면 여기에 아오리 사과와 생 무화과를 잘라 같이 먹으면 잘 어울린다.

평범할 수 있는 요리들을 어떻게 잘 세팅을 하느냐에 따라 더 좋은 분위기를 만들 수 있다. 남들이 다 하는 것을 그대로 따라하기보다는 그녀를 생각하는 마음을 담아 우리만의 특별한 이야기를 스스로 만드는 것이 더 가치 있고 소중하다.

"당신과 매일 아침을 함께 하고 싶어.

그 아침마다 맛있는 요리를

만들어주고 싶다."

EPISODE #15
부부 화해 프로젝트

아내가 유독 조용하다. 원래 말이 많은 사람은 아니지만, 이 침묵은 왠지 사람을 불안하게 만든다. 집 안에는 "붕, 부우웅!" 하는 시끄러운 소리만이 가득하다. 다니엘이 입으로 내는 자동차 소리, 정말 요란하고 활기차다.

평소에 아내는 다니엘의 놀이에 적당히 개입하며 "꼬마 운전기사님, 어딜 그리 바쁘게 가세요?" 하고 활기를 불어넣어 주고는 했는데 지금은 그저 지켜볼 뿐이다. 기분이 좋지 않다는 뜻이다.

나는 조용히 서재 방문을 닫고 들어왔다. 아침에 별 것 아닌 아주 사소한 문제로 다투고 난 뒤라 가능한 얼굴을 마주치지 않는 것이 좋을 것 같아서였다. 그래서 10분이면 끝날 일을 30분이 넘도록 미적거렸는데, 이러고 있는 것도 이제 한계다. 난 오래 참는 일에 익숙지가 않다. 아내와 또 말다툼을 하더라도 얼굴을 마주보는 것이 더 나을 거란 생각으로 거실에 나왔다. 그런데 아내는 내 쪽으로 아예 고개도 돌리지 않는다.

다니엘은 거실에 놓여 있던 커다란 호박을 굴리다가 장난감 상자를 뒤집어엎어 놓고는 여기저기 헤집고 다니느라 바쁘다. 그런데 아내는 한마디 말도 없이 다니엘이 늘어놓은 장난감들을 따라다니며 조용히 치우고 있다. 평소라면 한 번쯤 주의를 주거나 다니엘의 놀이가 다 끝날 때까지 가만히 기다려줬을 텐데, 마치 다니엘이 늘어놓는 것을 반기는 사람처럼 일거리를 찾아 움직이고 있는 것이다.

오늘은 다른 날보다 더 분위기가 심상치 않다. 내 잘못이 거의 90퍼센트여서 마음이 영 불편했다.

'그냥 두었다가는 생각보다 오래 가겠는데…….'

이럴 때 아내의 침묵을 무시하는 것은 어리석은 짓이다. 하지만 섣부른 사과를 건네는 것도 썩 좋은 방법은 아니다. 그러나 별 생각 없이 말 한마디를 툭 던졌다가 다툼으로까지 번졌던 씁쓸한 기억이 떠올라 말을 붙여볼 엄두가 나지 않았다. 예전에도 오늘처럼 아주 사소한 것이 발단이 되어서 싸우기 시작해서는 나중에는 서로 '미안했다고 말 했느냐 안 했느냐'를 두고도 싸웠다. 내가 사과를 하지 않으면 그 여파가 다음 날까지 이어지는 경우도 있다. 결국 싸움이 장기화되면서 주말은 엉망이 되었다.

많은 남자들이 그렇듯 내 말솜씨도 그리 신뢰할 만한 수준은 아니다. 사람들에게 듣기론 이런 상황에선 여자들이 바라는 한마디만 해주면 많은 것이 해결된다고 한다. 문제는 그 한마디가 무엇인지 잘 모른다는 것이다. 그냥 미안했다고 하면 '뭐가 미안한지 알고 사과하는 거냐'고 물을 것이고, 안다고 해도 '정말 알아서 안다고 말하는 것'이냐고 물을 것이다. 그러니 이 문제는 결국 평생을 두고 풀어야 할 숙제다.

불편한 침묵을 누그러뜨려 보려고 다니엘에게 일부러 말을 걸었다.

"다니엘, 재밌어? 엄마가 정리하느라 애쓰시는데 너무 늘어놓으면 안 돼."

녀석은 놀이에 푹 빠져 아무 소리도 들리지 않는 눈치였다. 아내는 내 얼굴을 힐끗 보더니 바로 고개를 돌려버렸다.

'좋지 않은 징조다!'

싸우더라도 얼굴보고 이야기하자던 내 자만은 꼬리를 내렸다. 하는 수 없이 나는 다시 서재 방으로 도망쳤다. 일 없이 방에 갇혀 있으려니까 정말 고역이었다. 조금만 더 생각하고 말했더라면 이런 불편한 저녁을 보내지 않아도 됐을 텐데 싶어 스스로가 원망스러웠다.

'어떻게든 마음을 풀어줘야 할 텐데……'

답도 못 찾을 궁리만 하다 보니 추억이 하나둘 떠올랐다. 아내를 만난 건 고등학생 때였고, 그 뒤로 우리는 오랜 시간을 함께해왔다. 군대에 갔을 때에도, 오랜 유학생활을 할 때에도 힘들 때마다 당시 여자 친구였던 아내가 나를 기다려준다는 사실이 참 위안이 됐다. 그런 아내가 얼마나 고맙고 든든한 존재인지 잘 알고 있다.

하지만 나도 평범한 남편이다 보니 정말 그럴 의도는 아니었는데 아내 마음을 상하게 할 때가 있다. 더욱이 남자들은 돌아서면 잘 잊어버리는 편이지만, 여자들은 다르지 않은가. 돌아서면 끝이라는 공식은 여자들에게 절대 통하지 않는 것 같다.

우리 부부는 크고 중요한 문제에 있어서는 의견이 잘 맞는 편이다. 그래서 크게 다툴 일도 없는 편이다. 그런데 일상의 사소한 문제를 두고는 오늘처럼 가끔씩 아내가 토라지는 일이 벌어지곤 한다.

'뭐 좋은 방법 없을까? 어쩌지?'

또다시 원점에서 맴돌고 있는데 다니엘이 문을 확 밀치고 들어왔다. 박력 있는 아들의 등장이 정말 반가웠다.

"아빠, 밥!"

다니엘은 야속하게 딱 한마디만 던지고 바로 사라졌다. 나는 말 잘 듣는 아이처럼 얼른 나가서 식탁에 앉았다. 식탁에는 이미 모든 것이 차려져 있고, 아내는 묵묵히 다니엘의 식사를 도와주고 있었다. 요즘 다니엘은 스스로 숟가락질을 해보려고 노력 중이다. 그러다 보니 식탁 위가 어지럽게 변하는 경우도 많은데 우리 부부는 다니엘의 노력이 가상해서 별로 신경 쓰지 않는 편이다.

"다니엘, 혼자서도 잘 떠먹네. 멸치 반찬도 먹어볼까?"

칭찬을 받고 나면 기분이 좋은지 다니엘은 더 말을 잘 듣는다. 그런 모습이 참 예쁘고 기특하다. 다니엘을 바라보는 아내의 눈에도 사랑이 가득하다. 하지만 나와는 시선이 마주치지 않으려고 애쓰는 것이 느껴졌다. 아내는 입맛이 없는지 저녁밥도 아주 조금밖에 먹지 않았다.

순간, 스트레스가 쌓일 때마다 달달한 것을 찾는 아내의 습관이 생각났다.

'그래, 디저트가 필요해.'

아내를 위해 화해의 마음이 담긴 달콤한 머핀을 구워주기로 했다. 특히 블루베리는 아내도 좋아하고, 다니엘도 좋아하는 것이다.

다니엘의 식사가 끝나기를 기다렸다가 식탁을 정리하는 아내에게 말했다.

"설거지는 내가 할게. 마침 주방 쓸 일도 있고."

아내가 말없이 고개를 끄덕였다.

화해를 위한 프로젝트가 시작되었다. 온도를 200도에 맞춰 오븐을 예열해두고 믹싱볼 두 개를 꺼냈다. 하나엔 밀가루, 설탕 ,베이킹파우더, 소금을 함께 체에 쳐서 걸렀다. 다른 볼에는 달걀을 넣어 풀고 나서 우유와 녹인 버터를 넣어 다시 살짝 섞었다. 그러고 나서 두 개를 합쳐 잘 섞이게 골고루 저어준 뒤, 물기를 제거한 블루베리를 넣고 다시 한 번 섞어준다. 이제 머핀 틀에 반죽을 부어 약 20분 정도 굽기만 하면 된다. 이때 머핀 틀에 버터를 발라주는 것이 좋다. 그러면 머핀 모양이 부수어지지 않고 예쁘게 잘 꺼낼 수 있다.

과정을 눈으로 읽기만 하면 조금 복잡해 보이기도 하지만 평범한 남자들이 만들기에도 쉬운 것이 바로 머핀이다. 요즘은 동네 슈퍼에만 가도 머핀 재료와 요리법이 상세하게 적힌 머핀 믹스를 살 수 있다. 그것으로 한두 번만 만들어보면 대충 만드는 요령을 알 수 있고, 다음엔 충분히 혼자서도 머핀을 구울 수 있다.

머핀이 구워져서 부풀어 오를수록 집 안은 달콤한 냄새로 물들어간다. 나는 머핀 위가 타지 않나 가끔씩 살피면서 커피를 내렸다. 나는 오븐에서 막 꺼낸 머핀을 예쁜 접시에 담고, 아내가 좋아하는 커피를 내려 머그잔에 따랐다. 그리고 조심스럽게 아내를 부른다. 달콤한 블루베리 머핀과 구수하면서도 시큼 쌉싸래한 커피의 조화는 환상적이다. 때론 결혼도 이 머핀과 커피의 궁합처럼 다투고, 화내고, 화해하는 쌉싸래한 일상들을 겪으면서 더 부드럽고 달콤하게 부풀어 오르는 것 같다.

머핀이 구워져서 부풀어 오를수록 집 안은 달콤한 냄새로 물들어간다.

IF YOU COOK :

만약 당신이 요리를 한다면

상대의 기분을 풀어줄 수 있다.

활발한 15개월된 남자아이를 키우고 있는 지묵 - 소진 부부.

육아로 지친 소진 씨를 위해 남편 지묵 씨가 만든 호떡.

독박육아 중인 아내를 위해 퇴근하자마자 집으로 돌아와 아내와 교대를 한다.

조금이나마 아내만의 시간을 주고 싶은데 아이가 도와주지 않는다. 엄마 껌딱지가 된 아들은 제 엄마에게서 떨어지지 않는다.

아이가 잠이 들 때까지 아내의 육아업무는 끝나지 않는다.

아기를 겨우 재워놓고 거실로 나온 아내에게 믹스로 만든 호떡을 내어놓았다. 호떡 안에 들어 있는 꿀처럼 지금 이 시간이 아내에게 꿀 같은 휴식 시간이 되었으면 좋겠다.

EPISODE # 16

요리는 타이밍

지인인 L은 설계사무소에 다니는 건축사다. 어떨 땐 한가하다가도 마감이 가까워오면 눈코 뜰 새 없이 바쁜 며칠이 쭉 이어진다. 어떤 날은 너무 정신이 없어서 점심과 저녁을 내리 굶기도 한다. L은 결혼하기 전에 모든 것을 엄마가 다 해줘서 라면 같은 인스턴트 음식은 거의 먹어보지 않았다. 그런데 지금은 라면을 먹는 날이 잦아졌다. 바쁘니 어쩔 수 없었다.

며칠을 마감에 쫓겨 정신없이 보내고 드디어 하루 쉴 수 있는 날이 생겼다. 건축사는 일반적인 휴일이 거의 없다. L은 전날 저녁 일찍부터 벼락 잠을 몰아자고 아침에 일어났다. 오후까지도 내처 잘 수도 있었는데 너무 배가 고파서 어쩔 수 없이 일어났다. 당장 밥을 먹어야겠다는 생각밖에 안 들어 주방을 뒤지니 집에 쌀이 없었다. 그간 얼마나 정신없이 살았는지 쌀이 떨어진 줄도 몰랐다. 또 어쩔 수 없이 라면을 먹어야 하나 하고 서랍을 열었는데 라면도 없었다. 간만에 집에서 쉬는 날이라 나가기 싫었지만 배가 너무 고팠기 때문에 어쩔 수 없이 나갈 준비를 해야 했다. 우선 세수라도 하자 싶어 욕실로 가려는데 식탁 위에 불룩한 비닐봉지 하나가 놓여 있었다. 뭔가 싶어 풀어보았더니 포장된 백반 정식이었다. 알고 보니 남편이 아침 출근길에 사놓은 것이었다.

L은 남편에게 감동해서 잠시 배가 고프다는 것도 잊고 남편에게 문자부터 보냈다.

"고마워, 잘 먹을게. 대신 오늘 저녁에는 자기 좋아하는 음식 만들어놓을게."

L은 백반을 먹는 동안 남편의 사랑이 느껴지는 것 같아 온몸이 따뜻해졌다. 생각해보면 남편이 대단한 일을 한 것도 아니다. 며칠 동안 아내의 상황을 보면, 쉬는 날 아침 일어나 밥을 해서 먹기가 얼마나 귀찮고 번거로울지 충분히 짐작할 수 있다. 아침에 조

금만 더 빨리 움직여 백반을 사서 집에 두고 나온 것뿐이다. 하지만 이런 작은 마음 씀씀이가 불러오는 파장은 크다. 여자들은 의외로 사소한 것에 감동하고 기뻐한다.

L이 그 이야기를 해줄 때 조금 뻐기는 듯한 표정이 기억난다. 여자들은 자신이 사랑받고 있다는 것을 느끼는 그 순간을 아주 오랫동안 기억한다. 거창한 이벤트나 비싼 선물도 자랑거리가 되긴 하겠지만 자신도 모르게 뻐기는 것으로 보이는 당당함을 갖게 해주는 건 마음을 따뜻하게 데워주는 이런 섬세한 작은 배려다.

연애 이야기를 할 때 '사랑은 타이밍'이 중요하다는 말을 자주 들었다. 아무리 서로에게 좋은 감정을 가지고 있더라도 상황이 안 좋을 때 고백을 하면 차일 수가 있다. 차일 것이 두려워 미적거리다 보면 사랑을 놓칠 수도 있다. 따져보면 바로 그 순간, 그때여서 가능하고, 바로 그 순간이라서 불가능한 일들이 생각보다 많다. 한참을 기다리는 버스가 오지 않아 막 택시를 잡았는데 타자마자 기다리던 버스가 오고, 기다린 시간이 억울해 택시에서 내리고 싶지만 이미 출발한 뒤라 그럴 수도 없다. 별로 가고 싶지 않았던 모임이었는데 그곳에서 오랫동안 연락이 끊겨 보고 싶었던 친구의 소식을 듣고 연락처까지 알게 되는 경우도 있다. 삶의 중요한 시기마다 이런 선택의 순간들이 오기 마련인데 그것이 지금인지 아닌지 알 수 없어서 타이밍을 놓친다면 얼마나 억울할까? 어쩌다 그 타이밍을 맞춘다는 것은 정말 행운이 필요한 일이다.

이 타이밍은 요리에도 그대로 적용된다. 하지만 요리는 어느 정도 그 순간을 짐작할 수 있다는 점에서 조금 유리하다.

요즘 아내가 가장 좋아하는 요리는 내가 급작스럽게 만들어주는 요리다. 일요일 아침, 우리 식구는 오전 10시에 교회에 간다. 아내는 아이도 챙겨야 하고 외출 준비도 해야 돼서 정신이 하나 없을 정도로 바쁘다. 그때 나는 생각나는 대로 즉흥요리를 만들어 아내의 화장대에 올려준다. 주로 집에 있는 채소 볶음이다. 양파, 당근, 애호박, 가지 같은 채소를 두툼하게 썰어 올리브오일에 볶거나 굽고, 거기에 토마토 소스와 모차렐라치즈를 뿌려주면 끝이다. 재료가 많아서 조금 번거롭게 느껴질지도 모르지만 사실은 만들기 쉬운 초간단 요리다. 처음부터 모든 재료를 씻고, 다듬고, 썰고, 볶는 과정을 거친다면 정말 번거로운 요리가 될 수도 있다. 하지만 미리 깍둑썰기 해놓은 채소들이 늘 냉장고에 있기 때문에 정말 짧은 시간에 할 수 있다. 평소 자주 쓰는 재료들은 이렇게 적당량을 썰어 밀폐용기에 담아두면 시간도 절약할 수 있고 급할 때는 정말 요긴하다.

　때로는 달걀을 넣은 토스트를 만들어준다. 식빵을 토스터기에 넣어 굽는 동안 재빨리 달걀 프라이를 한다. 구워진 빵 한 면마다 각각 잼 Jam 과 토마토케첩을 바르고 달걀 프라이를 넣어 먹기 좋은 크기로 자르면 끝이다. 접시에 담아 아내의 화장대에 올려주고 그때부터 나도 외출 준비를 시작한다.

　여자들은 남자에 비해 준비 시간이 길다. 아이도 챙겨야 하고, 머리도 해야 하고, 화장도 해야 한다. 일요일 아침은 식탁에서 밥 먹을 정신도 시간도 없다. 그렇다고 배가 고프지 않은 것은 아니다. 교회에 가서 예배를 다 보기 전까지는 배고픈 것을 견디며 버텨야 한다. 이런 경험들을 통해 나는 일요일 아침에 먹을 수 있는 간편한 한 접시 요리를 만들기 시작한 것이다. 손이 비는 순간순간 재빨리 아이와 함께 먹을 수 있어 시간을 줄일 수도 있고 배도 든든한 이 간단 요리를 아내는 너무 좋아한다. 그럴 때는 별 음식이 아닌데도 아내의 극찬이 쏟아진다. 간단하지만 이런 위트 있는 음식은 타이밍이 정말 중요하다.

162

여자들은 자신이 사랑받고 있다는 것을
느끼는 그 순간을 아주 오랫동안 기억한다.

WHY DO I COOK :

내가 요리하는 이유

by. Sam kim

    A late & early meal! 늦은 아침! 아니 가벼운 점심이 되는 건가? 내가 '요리사'라서 참 다행인 아침! 나만의 '스페셜 오믈렛!' 일단 배고프니까 이것저것 많이 넣어보자! 이제 팬을 하나 더 위에 덮어놓고 5분만 기다리자!

재료

완숙토마토(1개), 브로콜리(3조각), 당근(1/4개), 감자(1/2개), 양파(1/2개), 달걀(5개), 파마산치즈(3큰술), 올리브오일, 소금, 후추

스페셜 오믈렛

조리법

1) 완숙토마토를 8등분 한 뒤 감자, 당근, 양파를 작은 주사위 크기로 자른다. 올리브오일을 두른 팬에 감자와 당근을 먼저 넣고 익혀준 뒤 소금과 후추로 간을 하고 양파를 넣어 익혀준다. 그리고 브로콜리와 완숙토마토를 넣어 다시 한 번 살짝 익혀준다.

2) 믹싱볼에 달걀을 넣어 풀어준 뒤 파마산치즈를 넣고 골고루 섞어준다. 채소를 볶은 팬에 붓고 약불에서 익혀주고 파마산치즈를 위에 살짝 뿌려준다.

잘 익은 참맛

재작년이었다. 명절 연휴를 하루 앞두고 동생에게서 전화가 왔다. 동생은 대뜸 까르보나라가 먹고 싶다며 집에 올 때 재료를 사와서 만들어줄 수 없느냐고 했다. 오래간만에 온 가족이 모이는 자리에서 가족이 좋아하는 요리를 해주는 일은 언제나 즐거운 일이라 당연히 좋다고 했다. 명절 선물을 챙기고 재료를 준비해 본가에 도착하니 이미 점심때가 지났다. 그러나 동생은 여전히 자고 있었다. 신발 가게를 하는 동생은 늘 새벽에야 집으로 돌아온다. 그러다 보니 기상시간도 그만큼 늦다. 지쳐서 잠든 동생을 보면 세상의 모든 짐을 다 지고 돌아온 듯 한없이 가엾게 느껴져 괜스레 콧등이 찡해진다. 그러다가도 명절 내내 손 하나 까딱 안하고 하루 종일 잠만 잘 때는 뒤통수를 때려주고 싶을 정도로 얄밉다. 자매가 애정과 질투의 관계라면 형제는 의리와 경쟁의 관계라서 의리로 봐주다가도 공정하지 못한 경쟁에는 분노가 치미는 법이다. 예전에는 명절에 주로 자거나 먹고 놀기만 했었는데 요즘은 그래도 일을 찾아서 하려고 하는 편이라 내가 분노할 일은 거의 없다.

요리 준비로 시끄러웠던지 누가 깨우지도 않았는데 벌써 일어나 동생이 주방으로 들어왔다.

"형 언제 왔어? 벌써 명절 음식 준비하는 거야?"

"좀 됐어. 너 주려고 까르보나라 만들 참이다."

"아, 이럴 때 요리사 형 둔 보람이 있네."

다른 때 같으면 냉장고나 뒤적이다 다시 침대로 직행했을 동생이 식탁 의자에 앉는다. 아직은 더 자야 새벽까지의 피곤이 풀릴 텐데, 졸음 가득한 눈을 억지로 뜨고 버티며 나른하게 말했다.

"집에서 한식만 먹다가 이탈리아 요리를 먹으니 뭔가 좋다."

"왜? 엄마 음식 다 맛있잖아?"

"날마다 먹어봐, 지겨워."

동생은 이렇게 가끔 음식 타박을 한다. 나는 오래간만에 한 번씩 먹어서인지 어머니 음식이라면 언제든 맛있지만 동생은 늘 먹는 음식이라 감흥이 적은가 보다. 그래서인지 어머니는 날마다 차리는 밥상에 스트레스를 받으시는 듯하다.

"정성껏 차려준 음식은 감사히 먹어야지. 나이가 몇 인데…. 음식 투정하는 거 좀 고쳐라."

베이컨을 볶는 동안 동생이 잠시 구시렁댔지만 이내 다른 화젯거리로 넘어갔다. 불리한 이야기가 나오면 은근슬쩍 화제를 돌리는 동생이 진짜 동생처럼 느껴져 지적을 하면서도 나름 재미가 있다. 서로 바쁘다 보니 동생과는 대부분 집안일을 의논하기 위해 대화를 하는 경우가 많다. 그럴 땐 나보다 동생이 훨씬 어른스럽고 믿음직해서 형으로서 미안하고 위축될 때가 많다. '형만한 아우 없다'는 속담도 나와 동생에게 끌어오면 그 빛을 발하지 못하게 된다. 나는 늘 그 속담의 형처럼 동생에게 든든한 형이 되어주고 싶다. 그러나 이렇게 동생과 마주하면 괜시리 동생을 놀려야 할 것 같았다.

"그러고 보니 옛날에는 맛에 상관없이 조금이라도 더 먹으려고 난리였는데. 그거 생각 나? 방에서 너 혼자 몰래 뭐 먹고 그랬잖아. 비닐봉지 바스락거리는 소리가 나서 가보니까 혼자 몰래 먹다

들켜서 화들짝 놀라고."

"아, 그 이야기 또 하는 거야? 그때 형이 두 입이나 뺏어 먹고 도망갔잖아!"

삶아 놓은 면을 볶아놓은 재료에 한데 부어 다시 볶는데 동생이 지지 않고 덤벼든다. 잠이 완전히 깬 얼굴이다. 동생은 오래간만에 경쟁구도로 자세를 잡는다.

"그러는 형은! 내가 떡볶이 먹는 동안 내 어묵이랑 달걀 다 뺏어 먹었잖아. 나중에 먹으려고 남겨 놓은 건데."

구체적인 비난이 돌아왔다. 먹는 것에는 이렇게 기억력이 좋을 수 없다. 달걀 노른자와 생크림, 파마산 치즈가루로 소스를 만드는데 그때 일이 떠올라 절로 웃음이 났다.

"그러니까 누가 늦게 먹으래? 원래 맛있는 건 먼저 먹는 거야!"

내 결정적인 한방에 동생은 공격력을 잃고 시시하게 싸움이 일단락됐다. 연년생인 동생과는 어릴 적에 늘 싸움이 끊이지 않았다. 별스럽지 않은 일로 말다툼을 하고, 그보다 더 별스럽지 않은 일로 서로 말없이 감정싸움을 벌이기도 했다. 특히 중학교 때 우리들의 가장 큰 싸움의 화두는 '먹을거리'였다.

요즘처럼 먹을거리가 풍족한 때에 자라는 아이들은 '먹는 걸로 싸운다'는 것이 별로 와 닿지 않을 수도 있다. 급식 후 버려지는 음식물 쓰레기가 서울지역에서만 3만 톤이 넘었고, 한 해 음식물 쓰레기 처리비용만으로 수백억 원의 예산이 들어간다는 기사를 읽은 적도 있다. 기껏해야 맛이 있고 없고, 좋고 싫고의 선호도 문제가 대부분이다. 내 어린 시절을 생각하면, 먹기 싫어 음식이 버려진다는 것은 상상할 수도 없었다. 이렇게 세상이 변했다는 것을 느끼는 것은 그만큼 내가 나이를 먹어가고 있다는 것일 테고, 그 변화의 시간만큼 동생과 나는 가족으로, 친구로 함께했다. 그러니 당연히 추억거리도 많을 수밖에.

파스타 면에 소스가 쫙 배어들어서 걸쭉하지도 뻑뻑하지도 않게 까르보나라가 완성됐다. 집게로 면을 돌돌 말아 접시에 담으려는데 어느 틈에 동생이 바로 옆에 서 있다. 내 장난에 버럭 하던 표정은 오간 데 없고, 옆에서 삼단콤보로 "난 많이, 많이, 많이!" 하고 군침을 흘리며 서 있는 것이다. 양껏 돌려 감아 접시에 담아주니 좋다고 히죽히죽 웃는다. 중학교 때 떡볶이를 따로 한 접시씩 시켜서 각자 자기 몫의 접시를 보고 좋아하던 그 모습 같았다. 아무리 철이 들고 어른이 되어도 가끔은 이런 아이처럼 잰 체하지 않는 모습을 볼 수 있다는 것이 가족의 특권처럼 느껴졌다. 그리고 정말 맛나게 먹는 모습을 보면서 내가 요리사라는 것이 더 뿌

듯하게 느껴졌다.

그날 먹은 까르보나라가 정말 맛있었던 모양이었다. 명절이 끝나고 며칠 뒤, 동생에게서 전화가 왔다. 까르보나라 만드는 법을 좀 알려달라는 것이었다. 특식이라고 하면 돈가스 정도로 만족하던 동생이 요리법까지 물어오니 내심 기분이 좋았다. 동생은 내친김에 이탈리아 식당에 나오는 빵이랑 간장, 파 같이 생긴 것은 어떻게 먹는 건지도 물었다.

"그 빵은 포카치아라고 하는데 간장이라고 말한 발사믹 소스에 찍어 먹으면 돼. 그리고 파 같이 생긴 건 아스파라거스를 말하는 모양인데 그건 그냥 먹으면 돼."

그 뒤에도 이탈리아 음식 먹는 법과 재료의 이름들을 한참을 물었다. 이상할 정도로 집요하게 물어서 조금 이상한 생각도 들었지만 정신없는 주방에 들어서자마자 그 일은 깡그리 잊었었다.

며칠 뒤, 동생의 그 이상했던 태도의 의문점이 해소됐다. 동생이 친구를 데리고 레스토랑으로 밥을 먹으러 온 것이다. 주문한 요리가 나와 동생과 일행에게 잠깐 알은 체를 하려고 테이블로 다가가는데 동생 목소리가 들렸다.

"이 빵은 포카치아라고 하는데 이 소스, 발사믹 소스에 찍어 먹으면 돼."

동생이 그때 전화로 물어봤던 것들을 친구에게 아는 척을 하며 설명을 하고 있었다.

'네가 웬일로 요리에 관심인가 했다!'

이럴 때는 동생이 나이답지 않게 귀엽다. 내가 이때 나타나면 혹시나 동생이 무안해할까 봐 다시 걸음을 주방으로 옮겼다. 가는 내내 웃음이 피식피식 새나오는 것은 어쩔 도리가 없었다.

그 뒤로 몇 번 더 친구를 데리고 와서 이탈리아 요리에 대해 아는 척을 하며 폼을 재는 모습을 지켜봐야 했다. 그때마다 나도 덩달아 정신 빠진 것처럼 실실거리며 웃는 것을 멈출 수 없었다. 다행이 동생도 아는 척하는 재미가 시들했는지 곧 예전의 동생으로 돌아왔다.

동생을 생각하면 참 다양한 감정들이 밀려온다. 레스토랑에 와서 아는 척을 하는 귀여운 면도 있지만 나를 대신해 집안의 대소사를 챙기는 자상함도, 고된 밤일에도 특별한 내색이 없는 듬직함도 가지고 있다. 요리사라는 꿈 하나 외에는 관심이 없었던 나를 대신해서 가장 역할을 자처했던 동생에게 나는 늘 미안하고 고맙다. 한 번씩 동생 일이 끝나는 시간에 동생이 좋아하는 해산물 구이 집에 가서 술을 한 잔 할 때, 그런 내 감정들이 한꺼번에 풀어진다. 그렇게 주거니 받거니 나누다 보면 해산물 구이처럼 우리의 시간도 짭조름하고 포근하게 더 맛있어진다. 그리고 자연스럽게 우리의 관계도 쓰고 맵고 달고 신 감칠맛 나는 관계로 잘 익어간다.

IF YOU COOK ✕

만약 당신이 요리를 한다면

아내를 기쁘게 해줄 수 있다.

사랑스러운 아기를 기다리는 창욱-지운 씨 부부.

어느 일요일 점심, 임신한 아내를 위해 서툰 솜씨를

발휘한 창욱 씨의 황태 홍합 국수.

아내는 바다에서 나는 것이라곤 입에도 못 댔다.

바다 냄새가 싫다고 했다. 딱 하나, 마른 김만 먹었다.

임신을 하고 입덧이 지나간 뒤 아내는 바다에서 나는 것만 먹고 싶다고 했다.

어느 일요일 점심 때쯤, 아내는 국수가 먹고 싶다고 했다.

전날 사온 홍합을 씻고 냉동실에서 발견한 황태를 찢어넣어 육수를 냈다. 엄지와 검지로 국수다발을 집어 끓는 물에 삶아냈다. 바다 냄새 물씬 나는 황태 홍합 국수 한 그릇을 아내는 국물까지 다 마셨다.

EPISODE # 18

조나단 햄버거와 맛있는 수다

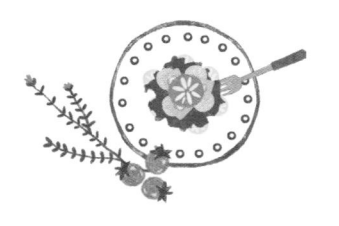

아내가 유학 시절부터 알고 지낸 지인 중에 결혼해서 한국에 살고 있는 조나단 부부가 있다. 아내를 통해 알게 된 관계고, 자주 만나는 아내에 비해 나는 어쩌다 한 번씩 만나는 사람들이라서 친밀감이 깊어질 여유가 없었다. 그러다 보니 그냥 아는 사람이라고 하기에는 가깝고, 친한 사이라고 하기에는 조금 서먹서먹한 어정쩡한 관계였다.

어느 날, 조나단이 페이스북에 자신이 만든 햄버그 사진을 올렸다. 보기에도 꽤 먹음직스러운 것이 제법 솜씨가 있어 보이는 모양새를 하고 있었다. 나는 인사삼아 다음에 한번 맛보게 해달라고 댓글을 달았는데, 다음에 맛을 보여주겠다는 답신이 달린 것이다. 그리고 며칠 지나지 않아 한번 모이자는 말이 구체화되면서 조나단의 집에 정식으로 초대를 받게 되었다.

차를 몰고 가는 동안 나는 마음이 조금 복잡했다. 세상의 모든 음식을 맛보고 싶다는 거대하지만 작은 바람은 조나단의 햄버그 맛을 궁금케하지만 만나서 어떤 인사를 해야 할지, 무슨 이야기를 나눠야 할지 조금 걱정스러웠다. 완전히 친한 세 사람에 비해 내 위치가 조금은 어정쩡하기도 하고 집이라는 사적인 공간에서의 만남이라는 특성상 어색한 마음을 가지고 있으면 한없이 더 어색해질 수 있는 자리였기 때문이다.

아내는 친구를 만나러 가는 길이니 한없이 여유로운 모습이었고, 아들 다니엘은 가족이 함께 놀러 간다는 것만으로 이미 기분이 최고조였다. 마침 조나단 집에 아이가 있으니 아이들끼리 어울려 노는 것만으로도 재미있을 것이다. 혹시나 여자는 여자끼리 남자는 남자끼리 놀게 되는 최악의 상황은 오지 않아야 하는데…. 그런 쓸데없는 걱정을 하는 사이 조나단의 집 앞에 도착했다.

현관문이 열리는 순간 내 쓸데없는 걱정들은 순식간에 코믹한 상황으로 변하고 말았다. 문이 열리기가 무섭게 매콤한 고기 굽는 냄새와 함께 검은 연기가 한가득 우리를 덮쳤다. 불이라도 난 것 같은 대단한 연기였다. 아내가 깜짝 놀라 "무슨 일이야?"라고 물었고 조나단의 아내는 아주 별일 아니라는 듯 "햄버그 패티를 굽고 있어서 그래." 하고 태연스럽게 웃었다. 이런 극적인 상황 때문에 어색할 틈도 없이 연기에 대한 화제로 집 안이 시끌벅적해졌다. 그리고 아이들 중 누군가 "눈이 아파요!"라고 한마디 던지자 아이들 특유의 빠른 동조를 보이며 과장된 목소리로 "눈 아파, 으악 연기다!" 하면서 즐거워 보이는 비명을 질렀다.

거실에서 소동이 벌어지는 동안 조나단의 손놀림은 점점 더 빨라졌다. 조나단은 제법 덩치가 커서 그다지 넓지 않는 주방이 훨씬 더 좁게 느껴졌다. 뭔가 돕고 싶었지만 남자 둘이서 이 주방에서 움직이려면 서로 몸을 부딪치지 않을 수 없는 상황이었다.

조나단은 아이들의 야단법석과 집 안을 가득 메운 연기에도 아랑곳하지 않았다. 손님들이 도착했으니 빨리 음식을 내와야 한다는 긴장감 때문이었는지 뭔가 굉장히 힘들어 보이면서도 한편으로는 요리하는 것 자체를 즐기는 것 같아 보였다.

솔직히 햄버그에 대한 기대는 현관문을 연 순간 이미 사라졌다. 검은 연기를 피워내고 만들어진 것이 맛있을 수가 없다고 단정지어 생각했다. 하지만 한 입 베문 햄버그는 생각보다, 아니 그 이상으로 정말 맛있었다.

조나단은 자신의 음식에 대해 요리사인 내가 어떻게 평가할지 궁금했던지 파란 눈으로 끊임없이 내 표정을 살피고 있었다.

"진짜 맛있어요! 레시피가 어떻게 돼요?"

그 말 한마디에 파란 눈동자가 더 환하게 밝아지며 마치 아이처럼 좋아했다. 그 모습은 내가 결혼을 하기 전부터 늘 상상했던 아빠 미소 그 자체였다.

"패티는 소고기랑 돼지고기를 7대 3 비율로 섞고, 여기에 다진 양파랑 디종머스터드, 우스터 소스를 넣은 뒤에 소금과 후추로 간을 해서 구웠어요. 햄버그 빵에다 마요네즈를 살짝 바른 뒤, 양파를 올리고 양상추, 토마토, 고기패티, 슬라이스치즈를 올렸어요."

디종머스터드는 프랑스 디종 지방의 겨자씨를 간 다음 허브와 백포도주를 넣어 만든 소스다. 톡 쏘는 맛과 부드러운 맛, 그러나 머스터드의 단맛이 적어 햄버그 고기패티의 맛을 한층 더 깔끔하게 만들어주었다.

"조나단은 요리 자주 해요?"

"거의 날마다? 아무튼 자주 만들어 먹어요."

조나단은 한국에 들어온 지 얼마 되지 않아서 아직까진 한국 음식이 익숙지 않아 스스로 먹고 싶은 것을 만들어 먹는다고 했다. 나의 미국 유학 생활이 떠올라 저절로 수긍이 갔다. 일식과 이탈리아 요리를 좋아하는데도 가끔씩 엄마가 해주는 반찬이랑 김치, 된장찌개 같은 한국 음식들이 미치도록 그리웠다.

요리에 대한 이야기를 나누기 시작하자 주거니 받거니 이야깃거리가 쏟아져 나왔다. 조나단은 한국에서는 어떤 요리를 좋아하냐며 아일랜드 사람들은 양고기를 좋아한다고 했다. 우리는 냄새가 심해서 양고기를 안 좋아한다고 했더니, 민트를 다져서 넣으면 냄새를 잡을 수 있다고 했다. 한국 사람들은 민트는 껌 씹을 때나 좋아하지 요리에 넣은 건 별로 안 좋아한다고 하자 먹는 방법이 따로 있단다. 민트와 잣을 갈아서 고기에 발라 먹으면 맛있다고 했다. 그러고 보니 레스토랑에서 민트젤리를 찾는 외국 손님들이 많았는데 이유를 그제야 알게 됐다. 그럼 한국 요리는 어떤 것을 먹어봤느냐고 물었더니 김치찌개와 된장찌개 이야기가 술술 나왔다. 살사 요리에 한국고추를 넣어 만들어 먹었는데 그렇게 매운 줄 몰랐다며 혀를 내둘렀다. 나중에 보니 맵지 않은 고추도 있는데 하필 자신이 넣은 것이 청량고추였다는 것이다.

내 주변 사람들 중에서 요리사를 제외한 남자와 이렇게 오랫동안 음식에 대한 이야기를 나누기는 처음이었다. 아내와 조나단의 부인도 우리의 요리 수다 삼매경이 조금 신기해 보였는지 가끔씩 우리 둘을 보며 재미있는 표정으로 쳐다보곤 했다. 말 그대로 나와 조나단은 '요리'라는 주제로 대동단결해서 어색함이나 서먹서먹함 같은 것들은 일찌감치 내던져버리고 도원결의를 맺지 않은 게 신기할 정도로 가까워졌다.

한국 남자들이 모이면 대부분 스포츠로 시작해서 연애, 정치, 재테크 같은 것들만 이야기한다. 그러다 보니 가끔 나 같은 요리사는 대화가 즐겁지 않다.

누구나 자신이 가장 많이 알고 좋아하는 것에 대해서 대화할 때가 가장 즐겁다. 모든 남자들이 주식, 정치, 재테크 그런 것들을 가장 많이 알고 좋아하는 것은 아닐 거다. 하지만 맛있는 요리는 거의 모든 사람들이 좋아하고 관심을 가진다. 그러니 이보다 훌륭한 공통의 화젯거리가 또 어디 있을까?

남자들끼리 자신이 가진 요리철학과 맛에 대한 이야기를 풀어내며 분위기가 지글지글 볶아지는 상상을 해본다. 그러자 그런 상상만으로도 즐거워지며 군침이 돈다. 요리라는 주제의 대화는 그 자체만으로도 맛있다.

맛만 중요한 게 아니야

일로 알게 된 B에겐 막 고등학교에 올라간 딸이 한 명 있다. 그 딸
은 편식에다 입맛조차 까다로워 늘 자기가 좋아하는 것만 먹으려
한단다. 학교 급식은 맛이 없어서 절반도 못 먹고 대부분 버린다
고 한다. 중식과 석식을 그렇게 버리다 보니 밤늦게 집에 돌아오
면 "배고파, 밥 줘."라는 말이 다녀왔다는 인사 대신이라고 했다.
외식을 할 때는 자기가 좋아하는 것을 시키더라도 조금 맛이 없
다고 생각되면 한 입 먹고 그대로 다 남겨 음식이 아까운 적이 한

두 번이 아니라고 한다. 어떨 땐 돈이 아까워 억지로 먹이려 애써 봤지만 결국 음식을 해치우는 것은 B였다. 다른 일에는 크게 속 썩이는 딸이 아니지만 유별난 입맛이 B를 늘 속상하게 했다. B는 3년 전에 아내와 이혼하고 딸과 둘이 사는 돌아온 싱글남이다. 이 혼과정에서 딸에게 어쩔 수 없이 상처를 주게 되었고, 딸과의 관 계가 좋아진 지도 얼마 되지 않았다. B는 보상이라도 하듯 딸이 원하는 것은 무엇이든 해준다. 그에 따른 스트레스도 당연히 크다.

어느 날, B에게 용건이 있어 오랜만에 전화를 걸었더니 아니나 다를까 또 딸의 푸념을 늘어놓았다. 중식은 그나마 절반이라도 먹 겠는데 석식은 도저히 맛이 없어서 못 먹겠다고 했단다. 딸은 기 어이 석식을 끊었고, B는 지금 어쩔 수 없이 아침마다 석식 도시 락을 싸준다고 했다. 그렇게 도시락을 싸기 시작한 지도 벌써 한 달이 넘었다는 것이다. 평소에도 요리에 조금 자신이 있었던 B는 온갖 정성을 담아 늘 색다른 도시락을 싸주었다고 했다. 아침에 출근을 해야 하는 B에겐 날마다 새벽에 일어나 도시락을 싸는 일 이 점점 힘들어지고, 차츰 레시피도 바닥이 났다고 한다. 어쩌면 좋을지 묻는 B의 간절함에 나는 제법 단호한 목소리로 충고했다.

"계속 맛만 중요하다고 생각하게 만들어서는 안 돼. 급식이 좀 맛이 없더라도 건강을 위해 영양 균형을 맞춘 식단일 테니 참고 먹게 해야지. 도시락을 딸 입맛에 맞게 싸주려고 하다 보면 당연히 급식이 더 맛없을 테고, 그러다 나중에 중식도 끊겠다고 나오면 어쩌려고?"

B는 화들짝 놀란 목소리로 그건 절대 안 된다며 펄쩍 뛰었다.

"마침 날도 더워지니까 도시락이 쉴 수도 있다고 말해. 도시락은 다시 쌀쌀해지면 그때 생각해보자고 하면 되잖아. 쉰 음식을 먹는 것보다 조금 맛없는 급식이 더 낫지 않겠어?"

B는 그것도 나쁘지 않는 생각인데 딸이 과연 순순히 응해줄지 모르겠다며 한숨과 함께 전화를 끊었다.

통화를 마치고 나서 생각해보니 그 딸의 마음도 이해가 갔다. 버려지는 음식 문제가 사회 문제로까지 대두되고 있지만 과열 경쟁 때문에 단가를 맞추기 위해 질이 떨어지고 맛이 없는 급식을 제공하는 업체의 문제도 크다. 그러니 급식을 거부하는 아이만 탓할 수도 없는 노릇이다. 입맛의 절반은 후천적으로 길러진다고 하지만 타고난 입맛도 무시할 수 없다. B 스스로도 느끼고 있는지 모르겠지만 딸의 입맛은 내가 아는 B와 아주 많이 닮았다. 남자치고는 맛있고 근사한 요리를 좋아하고, 비위가 약하고, 못 먹는 것인지 안 먹는 것인지 모를 가리는 음식도 꽤 된다. 내 어설픈 충고가 어렵게 좋아진 둘 사이를 다시 힘들게 할지 모른다는 생각이

들어 계속 신경이 쓰였다.

며칠이 지나도 한 가지 변하지 않는 마음이 있었다. 요리는 맛이 중요하지만 맛만 중요하게 생각해서는 안 된다는 사실이다. 나는 B에게 전화를 걸어 한 가지 제안을 했다.

"급식은 다시 먹는 걸로 하고, 석식을 안 먹고 버리는 날에도 따로 저녁을 챙겨주지 마. 자기 직전에 음식을 먹는 것은 건강에도 나쁘고 습관이 들면 고치기도 어려워. 집에 돌아와서 먹을 저녁이 없다고 생각하면 급식을 조금이라도 먹지 않겠어?"

B는 여전히 근심이 많았다.

"지금 한창 공부할 시기고 성장기인데 그래도 될까?"

"누구나 배가 고프면 맛보다 먹는 게 더 중요해져. 너무 냉정하게 도시락을 끊어버리면 아이에게 상처를 줄 수 있으니 주말을 이용해 근사한 점심을 차려주는 건 어때?"

"예를 들면?"

"음…. 첫 시작은 구운 채소와 푸실리 토마토 파스타 어떨까? 생각보다 만드는 방법도 간단하고 접시에 담았을 때 보기도 근사해. 딸들은 모양이 예쁘면 맛이 더 좋다고 생각하는 경향이 있잖아. 실제로 보기 좋은 음식이 맛있기도 하고."

"어떤 채소들이 들어가는데? 우리딸은 오이랑 파프리카를 안 먹거든."

보통 부모들은 아이가 싫어하는 채소인 경우 음식에 넣는 걸 포기한다. 하지만 조리법을 다르게 해서 주면 의외로 괜찮다며 먹기 시작하는 경우도 많다.

"불행히도 둘 다 들어가. 그래도 다른 방식으로 자꾸 해주다 보면 나중에 좋아할 수도 있어. 일단 레시피 알려줄게."

그렇게 B와의 통화는 일단락됐다.

며칠 후, 이번엔 B가 먼저 연락을 해왔다. 급식을 적게 먹더라도 신청은 하겠다고 했단다. 집에 돌아와 배고프다는 걸 늘 안 줄 수도 없어서 가끔 삶은 달걀이랑 우유 정도로 가볍게 주었더니 그럭저럭 참을 만해 하는 것 같았다고 한다. 대신 주말에 만들어준 특별 요리는 엄청난 반응이었다고 했다. 근사한 레스토랑에 와서 먹는 것 같다며 딸이 너무 좋아해서 자기도 너무 기쁘다는 거다. 거기다 여전히 오이는 가려내고 안 먹었지만 파스타에 들어간 파프리카는 나쁘지 않다고 했단다. B는 요리하는 즐거움에 한껏 고무돼 또 다른 레시피를 알려달라고 했다.

B의 마음이 이해됐다. 출근 전 도시락을 싸주려면 적어도 30분

이상은 일찍 일어나야 하고 설거지거리도 많았을 거다. 그렇게 귀찮은 일인데도 당장 급식을 다시 신청하라고 말하지 못하는 것과 맛없는 급식을 먹이는 대신 주말이라도 맛있는 것을 먹이고 싶은 마음이 충분히 이해됐다. 나도 그렇다. 다니엘이 커가는 모습을 지켜보며 뭐든 해주고 싶고, 아이가 좋아하면 안 된다는 것을 알면서도 먹이게 된다. 단 음식을 먹고 나면 계속 그것만 먹으려고 해서 한때 아내가 생크림이 들어간 것과 초콜릿은 먹이지 말라고 신신당부했다. 하지만 다니엘이 맛있게 먹는 모습이 너무 예뻐서 아내 몰래 생크림을 먹이고 초콜릿 음식을 먹인 적도 있다. 특히나 다니엘은 한 번 맛을 보면 절대 잊지 않는 아이라 다시 그 맛을 달라고 떼를 써 아내를 힘들게 한다는 걸 알면서도 말이다.

맛있는 것을 먹이고 싶은 부모의 마음, 하지만 맛만 중요한 게 아니라는 것도 알아야 하는 게 부모다. 좋은 부모가 된다는 건 너무 어려운 일이다.

IF YOU COOK

만약 당신이 요리를 한다면

웃음꽃 피는 가정을 만들 수 있다.

1년 차 신혼 부부 성현-은하 씨 부부.

늘 맛있는 저녁을 차려주는 은하 씨에게

남편 성현 씨가 감사한 마음을 담아 만든 첫 번째 요리.

카레라니? 정말 아내가 카레를 먹을 수 있을까. 반신반의 하며 재료를 준비하고 요리에 돌입했다.

결혼과 함께 우리에게 찾아온 아이가 태어날 날만 기다리며 기쁜 날들만을 보낼 줄 알았건만, 임신한 아내를 덮친 것은 예상치도 못했던 무시무시한 '입덧'이었다. 먹는 음식을 족족 게워내고 자극적 향이 나는 음식은 쳐다보는 것도 힘들어하며 나날이 체중이 줄고 기력이 쇠해가는 아내. 뱃속 아이의 입맛이 어찌 이리 까다롭단 말인가. 도대체 입덧은 언제 끝나나 싶어 태어나지도 않은 녀석의 머리에 꿀밤을 먹이고 싶을 정도였다.

그런데 먹는 것을 아예 멀리하던 아내가 "나, 카레 먹고 싶어."라고 말했다. 요리라고는 긴 자취 경력에 그럭저럭 할 수 있지만 입덧으로 고생하는 아내의 예민한 입맛을 맞출 수 있을까 하는 걱정이 드는 한편 아내에게 먹고 싶은 음식이 생겼다는 사실만으로 요리 의지가 불타올랐다.

소화가 잘 되도록 채소도 잘게 썰고, 보기 좋은 떡이 먹기도 좋다고 달걀과 채소도 모양을 내어 접시에 예쁘게 올렸다. 놀랍게도 아내는 천천히, 깨끗하게 그릇을 비웠다.

건강하게 태어난 아이는 엄마젖만 찾고 있지만 앞으로는 '아빠표 카레'를 좋아하는 아이로 자라나지 않을까?

모든 것의 기본

우리나라에는 그 집 안주인을 알려면 장맛을 보면 되고, 그 장맛
으로 집안의 가풍이나 미래까지도 헤아려볼 수 있다는 말이 있다.
모든 음식의 기본이 되는 장. 장은 그만큼 소중한 대접을 받았다.
장맛이 변하면 그 집안이 망할 징조라고 여겨 장을 담가둔 옹기들
은 햇볕이 잘 드는 곳에 소중하게 모셨다. 부정을 타지 않게 하기
위해서 금줄을 치고, 장 담그는 날도 택일을 받을 정도로 정성을
다했다.

우리나라의 가장 기본적인 장은 된장, 고추장, 간장이다. 이 세 가지 장을 변주해 다른 재료들과 섞어 또 다른 수십 수백 가지의 장을 만들어냈다. 그러니 이 기본이 되는 장맛은 음식의 맛을 좌지우지한다고 해도 지나친 말이 아니다. 약 10년 전 보성 선씨 영흥공파의 종갓집에서 350년 넘게 전해온 덧간장(씨간장)이 1리터에 500만 원에 팔려서 화제가 된 적이 있었다.

한국의 소스가 간장과 된장이라면, 이탈리아 요리의 기본 소스로 가장 먼저 꼽을 수 있는 것은 토마토 소스다. 이 소스만 만들어놓으면 예고치 않은 배고픈 손님이 방문하더라도 그렇게 든든할 수가 없다.

내게는 이 토마토 소스 때문에 생긴 일화들이 아주 많다. 내가 만든 토마토 소스로 요리한 음식을 먹어본 사람들 중에서 소스 레시피를 궁금해하는 사람들이 정말 많았다. 자기 요리가 맛있다고 제 입으로 말하는 것이 낯 뜨겁지 않느냐고 물어도 나는 절대 창피하지 않다. 내가 먹어봐도 내가 만든 토마토 소스가 가장 맛있다.

토마토 소스 비법을 알려주면 며칠 뒤 어김없이 전화가 온다.

"시키는 대로 했는데 그 맛이 안 나요. 왜 그러죠?"

"혹시 특별 비법 하나는 빼고 가르쳐준 거 아니에요?"

때론 항의를 하기도 하고, 투정을 부리는 사람이 있는가 하면 정말 나를 의심하는 사람까지 있다. 하지만 난 이 자리를 빌려 꼭 밝히고 싶다. 나는 내가 하는 방법과 재료 그대로를 가르쳐준 것이다. 같은 방식으로 만들었는데 맛이 다른 것은 내가 어쩔 수 없다. 손맛이 다르듯, 같은 재료를 가지고도 만드는 사람에 따라 요리는 천차만별 다른 법이다. 한 번의 휘저음, 불의 세기, 재료 손질, 이런 작은 차이로도 맛이 달라진다. 그러니 똑같은 맛을 내려고 하는 것이 좋은 시도가 될 수 있지만 자기만의 맛을 찾는 것이 더 중요하다. 여러 번의 실패를 거치는 것을 두려워해서는 안 된다. 시행착오 없이 단박에 원하는 맛을 만들어내는 것은 어쩌다 한 번 오는 행운이다.

내가 이 토마토 소스를 자랑스럽게 내놓을 수 있는 데에는 주위의 반응도 반응이지만 어머니의 한마디가 컸다. 한번은 동생에게 토마토 소스 스파게티를 만들어줬더니 무척 맛있다고 레시피를 알려달라고 했다. 설마 만들어먹겠나 싶었는데 정말 시도를 해본 모양이다. 스파게티를 만들어 먹은 날 다시 전화가 왔다. 내가 해줬던 건 정말 맛있었는데 자신이 만든 건 맛이 이상해서 다 먹기가 힘들었다고 했다. 아무래도 다른 비법이 있는 게 아니냐며 동생이 꼬치꼬치 캐물었다. 결국 소스의 문제라는 결론에 도달했고, 동생은 쉬는 날 다시 토마토 소스 스파게티에 도전해보겠다며 내 소스를 얻어갔다. 그때 어머니도 그 소스를 맛보신 모양이었다. 뒤에 어머니와 이야기를 하다 그 소스 이야기가 우연히 나왔다. 주위에서 달라는 사람이 많다고 내가 자랑을 하자 어머니도 은근 슬쩍 당신도 좀 달라고 하시는 거다. 그러면서 지나가는 말처럼 덧붙였다.

"그 소스는 어디에 넣어도 맛있더라."

내가 한식을 배우고 싶은 가장 큰 이유는 어머니의 맛 평가를 듣고 싶어서다. 어머니는 이탈리아 요리에 대해서는 서로 다른 분야라고 생각하시는지 평가 자체를 잘 안 하신다. 그런 어머니가 이 소스만큼은 너무 맛있다고 하셨다. 그 말을 들었을 때 내 기분은 말로 다할 수 없을 정도였다. 자신의 분야를 최고라고 생각하는 다른 요리의 대가로부터 맛있다는 칭찬을 받는 햇병아리 요리사, 딱 그런 기분이다.

어머니의 맛있다는 칭찬 한마디에 나는 기본이 얼마나 중요한지 다시 한 번 깨달았다. 공부를 할 때도 기본기가 없으면 성적을 올리기 힘들듯 로마도 하루아침에 만들어지지 않았다. 이렇게 중요한 기본을 지키는 일이 왜 어려워졌을까?

한 신축 아파트엔 기본 골조를 절반이나 빼먹어서 안전을 장담할 수 없다고 하고, 즐거움이 기본이어야 할 어린 시절은 편하게 노는 즐거움을 알기 위해 배우는 고통부터 먼저 겪으라 한다. 삶의 기본이 되는 가족들은 제 살기 바쁘다는 핑계로 얼굴 보기도 힘들다가도 이익 앞에서는 서로 더 많이 가지려고 날마다 마주보며 으르렁댄다. 도대체 왜 이렇게 됐을까?

나는 이 모든 나쁜 일들이 생겨나는 이유가 진심이 없어서라고 생각한다. 가끔 사람들이 진심이 부족하다고 표현하는데 그것은 옳지 않다. 진심은 부족하거나 넘치는 것이 아니다. 없거나 있거나 둘 중 하나다. 1퍼센트라도 부족한 진심은 진심이 아니다. 조금은 핑계를 댈 수 있는 것에 진심이라는 이름을 달면 안 된다. 하나의 거짓이나 핑계도 대지 않은 바르고 순수한 마음. 모두 자기 삶을 그런 진심으로 살아간다면 이 세상이 너무도 평화로워질 것 같다. 그러니 그 모든 것의 기본은 '진심'이다.

여러 번의 실패를 거치는 것을 두려워해서는 안 된다.

시행착오 없이 단박에 원하는 맛을 만들어내는 것은

어쩌다 한 번 오는 행운이다.

내가 요리하는 이유

by. Sam kim

요 근래 들어본 내 요리 칭찬 중 날 가장 신나게 한 어떤 어머니의 코멘트! "우리 아이는 뭘 먹이기가 너무 힘들었어요. 뭐든지 잘 안 먹으려 해서요. 그런데 셰프님의 '콜리플라워 수프'를 혼자서 다 먹었어요." 나에겐 정말 그 어떤 칭찬보다는 더 마음에 든다. Happy sunday!

재료

콜리플라워(1개), 우유(750ml), 생크림(1컵), 베이컨(슬라이스한 베이컨 4장), 피스타치오(1큰술), 올리브오일, 소금

콜리플라워 수프

조리법

1) 콜리플라워를 1송이씩 분리해준 뒤 냄비에 올리브오일을 두른 후, 베이컨을 넣어 볶아준다. 베이컨이 다 익으면 베이컨을 건져내고 콜리플라워를 넣어 볶은 뒤 우유를 넣고 약불에서 천천히 익혀준다.

2) 콜리플라워가 다 익으면 믹서기에 넣고 갈아준 뒤 냄비에 다시 담고 생크림을 넣어 살짝 끓여준다. 그리고 소금으로 간을 살짝 해준다.

3) 콜리플라워를 모양을 살려서 자른 뒤 팬에 살짝 구은 후, 완성 된 수프 위에 올려주고 피스타치오를 다져서 올려준다.

초보 아빠의 이유식

자고 있는데 옆에서 누가 자꾸 킥킥거리며 웃고 있다. 살짝 실눈을 떠보니 다니엘이 코에 스티커를 붙이고 웃고 있다. 그게 그렇게 좋을까 저절로 미소가 지어지는데 어쩐지 내 코가 간지럽다. 코를 비비려고 손을 댔더니 이건 뭔가, 내 코에도 뭔가 붙어 있다. 살짝 떼어냈더니 다니엘의 코에 붙어 있는 것과 똑같은 것이었다.

"요 장난꾸러기 녀석!"

웃고 있는 다니엘을 끌어당겨 꼼짝 못하게 그러안으려 했더니 아이가 괴성에 가까운 웃음을 지르며 도망간다. 나는 다니엘의 장단에 맞춰주려고 벌떡 일어나 아이를 잡으러 갔다.

"다니엘 잡으러 간다!"

"꺅!"

다니엘은 나를 피해 이리저리 도망을 다니다 결국 거실에서 수건을 개고 있던 아내의 품으로 달아났다. 소동이 잠시 가라앉고, 물을 마시고 나오는데 둘이 무슨 일을 꾸미는지 나를 보며 자기들끼리 속닥이며 키득거린다. 내가 "뭐야?" 하고 물었더니 동시에 "아하하!" 하고는 박장대소한다. 다시 한 번 물었더니 다니엘은 웃느라 이미 반쯤 숨이 넘어간 상태고, 아내가 겨우 대답해준다.

"거울 좀 봐!"

뭘 가지고 그러나 하고 욕실로 달려가 얼굴을 보니 이상한 점을 찾을 수가 없다. 뭐 때문에 그러는 거지? 하고 의아하게 여기고 돌아서려다 다시 거울 앞에 섰다. 이제 보니 내 온몸에 스티커가 붙어 있다. 나도 모르게 아내와 다니엘처럼 키득거리는 웃음이 절로 난다. 완벽한 행복이란 지금의 이런 느낌이 아닐까 생각될 정도로 행복한 기분이 들었다. 이런 장난을 칠 정도로 자란 아이가 아들 바보 아빠에게는 그저 대견했다.

처음 다니엘이 태어났을 때 마음 한쪽에는 섭섭함이 있었다. 나는 은근히 애교 많은 딸을 바라고 있었다. 힘들게 아이를 낳은 아내에게 내색을 할 수도 없는 노릇이고, 그 당시의 양가 집안 분위기는 이루 말할 수 없을 정도로 침울한 상태였다. 아버지는 폐암으로, 장인어른은 신장병 질환으로 힘겨운 시간을 보내고 있던 때였다. 그런데 아들 다니엘은 양가의 어두운 분위기를 서서히 바꿔놓았다. 딸 같이 애교 많고 사랑이 넘치는 아이어서 무뚝뚝한 아버지조차 늘 다니엘이 오기를 기다리셨다. 그 맑은 눈동자를 굴리며 이것저것에 조금이라도 관심을 가진다 싶으면 아버지는 병중에도 다니엘을 무릎에 앉혀 어르며 이건 뭐다, 저건 뭐다 하고 일일이 설명을 해주셨다. 말을 전혀 알아듣지 못하는 갓난아기였는데도 말이다.

젖을 떼고 이유식을 시작할 무렵, 다니엘은 아버지의 설명을 알아들었던 것인지, 아니면 타고난 기질 탓인지 유난히 호기심이 많았다. 집 안에 있는 모든 것에 관심을 보였다. 그런 다니엘을 보자 나도 다니엘을 위해 뭔가 하고 싶었다. 호기심이 많은 아이에게 세상의 맛을 전부 알게 해주고 싶었다. 그렇게 아빠의 이유식이 시작됐다.

시기별로 먹어야 할 재료와 피해야 할 재료가 있다는 아내의 설명을 듣고 이유식 만들기에 돌입했다. 내 주방에는 신선하고 질 좋은 재료들이 가득 있었고, 나는 요리사니 이유식 만드는 것쯤 어려울 게 없을 거라 생각했다. 하지만 이유식이라는 것은 일반 요리와 달라 요리사라는 직업이 커다란 특혜가 아니었다. 요리를 처음 시작하는 마음으로 여러 번의 시행착오도 거쳐야 했다. 내가 좋아하는 향신료나 올리브오일을 먹일 수 있는 단계는 까마득하게 멀게만 느껴졌다. 조리법이라고 해봐야 고기나 채소를 데치거나 삶는 게 전부였다. 소금 간도 할 수 없었다. 대신 어떤 재료들을 함께 넣었을 때 아이가 잘 먹고 맛도 좋은지, 재료의 궁합과 색깔, 다양한 재료 선별이 중요했다.

내가 다니엘에게 해준 첫 이유식은 사과와 당근 퓌렛이었다. 사과와 당근을 먹기 좋은 크기로 잘라 삶고, 물기와 김을 빼고 믹서에 간 것이다. 여러 재료들을 실험해본 결과 이 두 가지를 섞었을 때 가장 맛있었다. 찾아보니 궁합도 좋았다.

이유식을 먹이기 위해 다니엘을 보조의자에 앉히고 퓌렛을 숟가락으로 조금만 떴다. 혹시 싫어할 수도 있다는 생각에 조금만 떴다. 다른 복잡한 요리를 해서 낼 때도 그렇지 않는데 아이가 먹을 단순한 퓌렛 하나에 그렇게 긴장할 줄은 나도 미처 몰랐었다. 다니엘은 아빠가 뭘 하려는지 궁금한 듯 초롱초롱한 눈빛으로 나를 바라보고 있었다.

"자, 아빠가 만든 이유식 먹어볼까?"

숟가락을 입 가까이 대자 다니엘은 자동으로 입을 벌렸다. 그리고는 아빠와는 달리 겁도 없이 덥석 받아먹었다. 조그만 입술을 오물거리면서 먹는 것이 너무 사랑스러웠다. 그런데 표정만으로는 맛이 어떤지 알 수가 없었다. 숟가락을 본 순간부터 아주 심각한 일이 있는 것처럼 인상을 쓰고 있었는데 먹는 순간에도 표정이 달라지지 않았다.

"맛없어? 왜 계속 인상을 써?"

다니엘보다 내가 더 인상을 쓰고 있었는지 아내가 내 이마 주름을 손바닥으로 문지르며 웃었다.

"아기들은 먹을 때 원래 인상 써. 최고로 집중하는 순간이잖아. 대신 먹기 싫거나 맛이 없으면 혓바닥으로 밀어내."

"아, 그런 거야?"

다시 용기를 얻어 처음보다 더 많이 떴는데 다니엘이 숟가락을 입에 대주기도 전에 바동거리며 빨리 달라는 시늉을 했다. 그렇게 몇 번을 떠먹이는데 다니엘이 퓨렛을 뜨는 내 손과 얼굴을 번갈아 쳐다봤다. 아이가 잘 먹는 모습을 보니 한껏 기분이 좋아져서 "맛있쩌요?" 하는 혀 짧은 말이 자동으로 나왔다. 그런데 내 말에

202

대답이나 하듯 다니엘이 나와 시선을 맞추고 꺄르르 웃었다. 나는 손바닥으로 아내의 다리를 물개박수 치듯 두드리며 "봤지? 봤지?"를 연발했다.

처음엔 내가 한 아이의 아빠가 됐다는 것이 정확히 어떤 것인지 잘 몰랐다. 막연하게 부모가 됐으니 아이를 많이 사랑하고 잘 보살피면 되는 줄 알았다. 시간이 지나면서 자연스럽게 알게 됐다. 아이 앞에서는 한없이 약해지고 그래서 더 강해지고 싶고, 사소한 표정이나 손짓에도 의미를 부여해서 침울해지다가도 기뻐 날뛰게 되고, 내가 가진 것을 전부다 준다고 해도 부족하게 느껴지는 것, 그것이 아빠였다.

그 후로도 다니엘에게 이유식을 먹일 때면 가슴을 졸이며 아이의 표정을 살폈다. 다니엘이 몇 번 받아먹다 밀어낼 때는 문제점을 찾아내느라 남은 이유식을 내가 다 먹을 때도 있었다. 하지만 다니엘이 넙죽넙죽 잘 받아먹을 때는 요리대회에 나가 상이라도 받은 것처럼 한껏 기분이 좋아져 내일은 또 어떤 것을 만들어볼까 하는 고민들로 하루하루가 즐거웠다.

계속하다 보면 이유식은 생각보다 훨씬 간단하다. 고기는 다지고, 쌀은 불리고, 채소도 다지는데 이 모든 재료를 끓이는 것이 기본이었다. 한꺼번에 너무 다양한 채소를 넣으면 맛이 없다. 다니엘은 이유식 색깔이 예쁘면 무척 좋아했다. 그래서 파스텔 톤 이유식을 구상하기도 했다. 다니엘이 좋아하는 맛은, 단맛이 나는 양파와 파프리카를 많이 넣고 고기 종류는 적게 넣은 이유식이었다. 이렇게 아이의 입맛을 알아가는 것이 아빠의 기쁨이라는 것을 나중에야 깨달았다.

당연히 아내도 좋아했다. 날마다 이유식을 만드는 것도 나름 힘든 일이라서 이유식 분담만으로도 아내는 일거리가 줄었다고 좋아했다. 하지만 가끔 얼굴을 붉힐 때도 있었다. 아내가 시장에서 사온 재료를 검사하며 내가 잔소리를 시작하면서부터다. 그건 일종의 직업병이다. 재료 상태를 살피고 상태가 조금이라도 마음에 들지 않으면 잔소리를 하는 버릇이 아내에게 그대로 쏟아진 것이다. 처음에는 아내도 좋은 마음으로 들었는데 잔소리가 길어지면 결국 아내도 버럭 할 수 밖에 없었다. 미안하다고 아내를 달래고 다음에는 그러지 말아야지 하면서도 그 다음도 어김없다. 차츰 아내의 재료를 보는 눈도 높아졌지만 그보다 내 잔소리를 한 귀로 흘려듣는 아내의 현명한 대처 덕분에 얼굴 몇 번 붉히는 것으로 끝났다. 이제는 가리는 것 없이 뭐든 잘 먹는 다니엘을 볼 때마다 '아빠가 만들어준 특별한 이유식 덕분이지?' 하고 은근히 자랑하고 싶은 날도 있다.

아빠의 이유식이 특별한 이유는 아이의 양육을 아내의 책임처럼 당연하게 생각해버리는 관습에 있다. 요즘은 집안일을 도와주는 남편들이 많다고 하지만 요리나 아이의 이유식을 만드는 남편은 드물다. 바꿔 말하면 특별한 남편이 되는 것은 생각보다 이렇게 쉬운 것이다.

IF YOU COOK

만약 당신이 요리를 한다면

아이에게 사랑을 전할 수 있다.

늘 바쁜 초보 아빠 진만 씨가

8개월에 들어선 아들을 위해 만든 첫 이유식.

비트 콜리플라워 소고기 이유식.

귀여운 내 아들, 오늘 보니 아랫니 두 개가 벌써 올라왔더라.

네가 태어나 아빠 품에 안긴 게 엊그제 같은데 벌써 7개월이나 지났다니…. 아빠는 매 순간이 너무 놀라워.

아빠가 너무 바빠서 우리 귀여운 아들이랑 많이 놀아주지도 못해 늘 미안하게 생각해.

오늘 아빠는 엄마의 잔소리로 민준이 이유식을 만들기 시작했어. 엄마가 도와주지 않았다면, 아마도 아빠는 네 이유식을 완성시키지 못했을 거야. 다행이도 잘 먹어줘서 무척 고마워. 그런데 진짜 맛 있었어?

아빠가 앞으로도 종종 네 이유식을 만들도록 할게.

샘 킴 노트 : 이유식

이유식은 기본적으로 모든 재료를 끓이고 갈아준다. 이가 없는 아이가 먹는 음식이기 때문에 덩어리진 것이 없게 곱게 갈아야 한다. 단호박, 고구마 같이 단일 재료로 만들어도 좋지만 영향을 위해 궁합이 맞는 재료들을 두세 개씩 섞어서 먹이면 좋다. 한꺼번에 너무 많은 재료를 섞는 것은 맛과 색감이 별로 좋지 않다. 닭 가슴살은 버섯과 브로콜리와 잘 어울린다. 반면 시금치와는 궁합도 안 좋고 식감도 별로다. 시금치는 가자미와도 궁합도 안 좋다. 시기별로 먹이는 이유식에 차별을 둔다.

초기
과일과 채소로 만든다. 단호박과 양파, 사과와 당근, 고구마와 브로콜리, 감자와 애호박이 좋다.

중기
채소와 육류를 섞어서 만들되 질겨서 소화가 힘든 돼지고기는 사용하지 않는다.

소고기와 애호박, 닭고기와 버섯, 단호박과 현미, 당근과 고구마, 브로콜리와 배추가 좋다.

후기
흰살 생선과 곡류도 시도해보되 향이나 맛이 너무 강한 것은 피한다.
흰살 생선과 양배추, 소고기와 배, 깨와 시금치, 닭 가슴살과 녹두가
좋다.

완료기
돼지고기를 포함해 가능한 많은 재료에 도전해본다.
돼지고기와 키위, 소고기와 두부, 닭고기와 부추, 달걀과 미역, 파프
리카와 우엉이 좋다.

함께 먹으니 더 맛있다

보나세라 일과가 끝나면 종종 홀 마감을 하는 동안, 주방 식구들은 출출함을 때우려고 요리를 한다. 요리는 그날그날 남은 재료를 응용한 '내 멋대로'지만 때를 놓쳐 허기진 배를 달래줄 수 있는 '포만감이 드는 것이어야 한다'는 나름의 규칙이 있다.

비가 와서 손님이 적은 한가한 어느 날이었다. 그날 식재료였던 홍합이 제법 남아서 무얼 만들까 하다가 홍합탕을 만들기로 했다.

보통 요리사가 만드는 홍합탕이라고 하면 뭔가 복잡하고 까다로울 것이라 상상하기 쉬운데 사실 물과 홍합, 부추, 홍고추로 끓이는 홍합탕 못지않게 따라하기 쉽다.

냄비에 올리브오일을 두르고 홍합의 비릿한 맛을 잡아주기 위해 매콤한 페페로치노와 으깬 마늘을 넣어 볶다가 깨끗이 손질한 홍합을 넣어 다시 한 번 볶는다. 만약 페페로치노가 없다면 집에 있는 태양초나 일반 고추로 대체해도 된다. 잠시 후, 골고루 볶아진 홍합에 화이트와인을 넣고 파슬리 몇 줄기를 넣은 뒤 뚜껑을 덮는다. 홍합이 입을 벌리면 다 익은 것이니 그때 불을 끄면 된다. 먹다 남긴 홍합탕에 살짝 데친 감자와 애호박, 삶은 파스타 면을 넣어 버무려 먹으면 나름 맛있는 파스타가 된다.

나는 홍합탕이 완성되기를 기다리며 다른 요리를 하나 더 만들기로 했다. 뭐가 좋을까 고민하는데 살짝 데쳐놓은 홍합 알맹이가 눈에 들어왔다. 어째든 신선함이 우선인 식재료들은 모두 그날 소비해야 하기 때문에 데친 홍합도 다 먹어야 한다. 그런데 갑자기 굴튀김이 떠올랐다. 비가 오는 날이면 요리를 할 때 빗소리와 유사한 음량을 내는 전이나 튀김이 당긴다고 했던 말이 생각났기 때문이다. 사람들은 보통 굴은 튀김을 해 먹지만 홍합을 튀김해서 먹는 경우는 드문 것 같아서 어떤 맛이 날까 궁금했다.

'그렇지, 굴도 튀김을 하니까 홍합도 나쁘지 않을 거야'

홍합 튀김을 만들기로 결정했다. 데친 홍합에 밀가루를 가볍게 묻히고 튀김 반죽에 담갔다가 튀김가루를 덧입혀 끓는 기름에 넣었다. 홍합탕이 지글지글 끓어가고, 타타탁 튀김이 익어가는 소리에 저절로 군침이 돌았다.

끓고 있는 홍합탕 불을 끄고 노릇하게 익은 튀김을 꺼냈다. 홍합 튀김 맛이 너무 궁금해서 뜨거운 김을 한 번 식히지도 않고 그대로 입에 넣었다.

'와!'

내가 예상했던 그 이상으로 고소한 것이 오히려 굴 튀김보다 훨씬 맛있었다. 나는 즉각 지배인을 불러 맛이 어떤지 물었다. 지배인 역시 정말 맛있다고 대답했다.

홀까지 풍기는 알싸하고 짭조름한 냄새에 레스토랑 식구들이 하나둘 주방으로 몰려들었다.

"뭐 만드신 거예요? 냄새를 맡으니까 더 배고파요."

"홍합으로 튀김도 만들어 먹어요?"

비와, 허기와, 냄새에 취해 식구들의 반응은 폭발적이었다.

"이거 와인이랑 먹으면 정말 좋겠어요."

누군가 홍합요리에 어울리는 와인을 꺼내와 함께 먹고 마시기 시작했다. 나는 흥에 겨워 홍합 튀김을 올린 접시를 플레이팅하기 시작했다. 얇게 슬라이스 한 토마토 위에 홍합 튀김을 올리고 레몬즙을 짜서 뿌렸다. 금새 근사한 안주이자 속을 든든하게 채우는 요리가 되었다. 홍합탕과 홍합 튀김에 와인까지 가세하자 의도치 않은 파티가 시작됐다.

와인이 바닥나자 맥주가 나오고, 한창 분위기가 무르익자 미처 취기가 오르지도 않았는데 저마다 마음속 이야기를 하나씩 꺼내기 시작했다. 아무래도 홀과 주방 모두 위계질서가 있고, 각자 저마다 어려운 사람들이 있기 마련이라서 잘 드러내지 못하는 이야기들이 있다. 그런 이야기는 주로 고깃집 같이 회식 술자리에서 거나하게 취해야만 나올 수 있는 이야기다. 그런데 그런 이야기들이 너무 자연스럽게 쏟아져나왔다. 식당 매출에 관한 이야기로 시작해서 각자의 일신상에 대한 것, 연봉협상에서 제외된 사람들의 고충, 그런 속 깊은 이야기로 이어졌다. 한 직원은 자신의 불투명한 미래에 대한 고민을 털어놓았다.

"다른 곳에 가서 잘 적응할 수 있을지 벌써부터 고민이에요. 제가 잘할 수 있을까요?"

며칠 뒤 다른 곳으로 직장을 옮기는 직원이었다. 나는 그에게도 이곳을 그만둔 친구들에게 해줬던 조언을 그대로 해줬다. 내 생각은 늘 똑같다.

"무조건 열심히 해야지. 어려운 일이 있으면 혼자 해결하지 말고 꼭 의논하고."

"진짜 그래도 돼요?"

"당연하지, 인마!"

우리는 서로를 격려하고 다독이다가 결국 '모두 잘해보자'고 외치고 새로운 다짐을 하면서 파티를 끝냈다.

이런 시간들로 인해 주방을 그만둔 친구들도 여전히 가깝게 지낸다. 레스토랑 식구들의 회식이 있는 날이면 그만둔 친구에게도 연락을 해서 부르기도 한다. 그러면 시간이 되는 친구는 언제든 달려온다.

요리라는 것은 잘 만들어서 맛있는 것이 아니라 함께라서 더 맛있다. 맛있는 것을 나누다 보면 혼자 끙끙 앓던 이야기도 자연스럽게 말할 수 있고, 평소에 껄끄러웠던 사람도 친근하게 느껴진다. 그래서 사람들이 인사말처럼 '다음에 밥 한 번 먹자'고 하는지도 모르겠다.

맛있는 것을 나누다 보면

혼자 끙끙 앓던 이야기도 자연스럽게 말할 수 있고,

평소에 껄끄러웠던 사람도 친근하게 느껴진다.

그래서 사람들이 인사말처럼

'다음에 밥 한 번 먹자'고 하는지도 모르겠다.

WHY DO I COOK :

내가 요리하는 이유

by. Sam kim

What is your favorite pork & beef ratio for your Meat ball? for sunday lunch! 미트볼! 오, 이거 진짜 맛있지? 간 돼지고기와 간 소고기, 양파, 토마토 소스, 바질…. 이제 딱 30분만 수다를 떨다 보면 토마토 소스가 맛있게 베어든 my lovely 미트볼이 완성된다. 왜 난 딱 일요일 메뉴하면 이게 먼저 떠오르지!

미트볼

재료

간 소고기(700g), 간 돼지고기(300g), 양파 (2개), 토마토 소스(500g), 생바질(3잎), 달걀 (1개), 올리브오일, 소금, 후추

조리법

1) 양파 1개를 잘게 다진 뒤 올리브오일을 두른 팬에 볶아준 뒤 믹싱볼에 담는다. 간 소고기와 간 돼지고기를 넣어준 뒤 달걀 을 넣고 골고루 섞어준다. 그리고 소금과 후추로 간을 해준 뒤 작은 공 모양을 만들어준다.

2) 냄비에 올리브오일을 두른 후, 미트볼을 넣어 겉만 살짝 익혀준다. 그리고 미트볼을 건져내고 슬라이스한 양파를 넣고 볶아준 뒤 토마토 소스를 넣는다. 마지막으로 생바질과 건져놓았던 미트볼을 다시 넣어 미트볼이 다 익을 때까지 약불에서 익혀준다.

추억은 누군가의 요리처럼
재창조된다

유학 시절, 레스토랑 두 곳에서 일을 할 때였다. 어느 날 단순히 체한 것인지 식중독인지 알 수 없는 배앓이를 한 적이 있었다. 미국 병원은 의료비가 너무 비싸서 갈 엄두도 낼 수 없었고, 더군다나 식당을 편하게 쉴 수 있는 입장도 아니었다. 그런 몸 상태로 저녁 일을 겨우 해내고 집에 돌아와서는 그대로 쓰러져 앓아누웠다. 그리고 다음 날 아침이면 다시 별일 없는 듯 식당으로 출근을 했다. 하지만 배앓이를 하는 환자에게 맛을 봐야 하는 요리사란 직업은 정말 곤혹스럽다. 어쩔 수 없이 맛을 보고 곧바로 화장실로 달려가 족족 토하고 말았다.

이틀 째 되던 날은 상태가 더 심각해졌다. 일을 마치고 집으로 돌아오는데 똑바로 서서 걷기가 힘들 정도로 속이 뒤틀렸다. 기다시피 집에 도착하자 상진이가 걱정스레 나를 맞이했다. 지금은 오랜 친구가 된 상진이는 가난한 20대 유학생 시절에 만난 내 룸메이트였다.

"좀 쉬어야 할 텐데 어쩌냐? 일단 좀 누워!"

상진이의 부축에 옷도 갈아입지 못하고 그대로 자리에 드러누웠다. 빨리 씻고도 싶고, 화장실도 가고 싶다는 생각이 들긴 했지만 기운이 없어 도저히 몸을 일으킬 수 없었다. 멍하게 눈을 감고 누웠는데 당장 내일이 걱정이었다. 이런저런 생각으로 심란해하고 있는데 상진이는 뭘 하는지 혼자 계속 부산스러웠다. 나는 눈을 감고 누운 채 들릴락 말락 한 목소리로 물었다.

"너 뭐해?"

"아, 시끄러워서 잠 안 오지? 지금 흰죽 끓이는데 다 돼가니까 이거 먹고 자."

집에 들어올 때부터 뭔가를 끓이고 있다는 것을 알았는데 그것을 생각할 정신이 없었다. 그러고 보니 방 안 가득히 은근하고 고소한 냄새가 희미하게 퍼져 있었다. 음식 냄새라면 생각만으로도 속이 부글부글 끓어오를 듯 역겨워지는데도 뭔가 그립고 포근한 느낌이었다.

갑자기 한국에 있는 엄마 생각이 났다. 가족 중에서 누군가 아프면 엄마도 이렇게 쌀을 불려서 죽을 써주시곤 했다. "먹기 싫어도 약 먹으려면 억지로라도 몇 숟갈 먹어야 해." 하시며 뜨거운 죽을 후후 불며 먹여주던 기억, 아파서 그냥 날 내버려둬줬으면 좋겠는데 자꾸 죽을 먹으라고 깨우는 엄마가 귀찮았던 기억, 아무런 맛을 느끼지 못해 억지로 몇 숟갈 받아먹고 죽 그릇을 밀어내던 기억, 그 모든 것들이 한꺼번에 떠올랐다.

아픈 가족 곁을 지키는 것은 늘 엄마였다. 그런데 엄마가 아플 땐 곁에 누가 있었더라? 아버지나 나, 동생 중에서 엄마에게 죽을 쑤어드린 적이 있던가? 사실 죽을 쑤는 것은 그리 힘든 일이 아니다. 먼저 쌀을 씻어서 불려야 하는데, 불릴 시간이 없으면 그대로 해도 되고 믹서에 한 번 돌려줘도 된다. 달궈진 냄비에 참기름을 살짝 두르고 불린 쌀을 볶는다. 거기다 쌀의 양 약 10배 정도의 물을 붓고 팔팔 끓이다 나중에 약한 불에서 살살 저어주며 은근히

졸이기만 하면 된다. 말하자면 마음과 정성만 있다면 누구나 끓일
수 있는 요리가 바로 죽이다.

"잠깐 일어나 봐!"

상진이 목소리에 꿈결에서 깨어나듯 화들짝 정신이 들었다. 상
진이는 내 머리맡에 쟁반을 내려놓으며 나를 일으켰다. 파스타 접
시에 담은 모락모락 김이 오르는 희멀건 죽과, 물 한 컵, 언제 사
왔는지 약봉지도 함께 놓여 있었다.

"빈속에 약 먹으면 안 되니까 조금이라도 먹어."

그리운 기억들 때문이었을까? 아니면 몸이 아파 감정적으로 약
해져 있어서 그랬을까? 뭔가 울컥하고 치밀어오르는 것이 눈물이
날 것만 같았다. 객지 생활을 하면서 가장 힘든 시간은 혼자 아플
때다. 그런데 이런 든든한 친구가 있어서 얼마나 다행인가. 착 가
라앉은 분위기를 바꿔주듯 상진이가 농담을 던졌다.

"호호 불어서 내가 떠먹여주랴?"

"저리 가, 속이 더 안 좋아지려고 하니까."

기운이 없는 중에도 웃음이 났다. 친구란 가족만큼이나 소중한
존재라는 것을 다시 한 번 느끼는 순간이었다. 나는 상진이가 끓
여준 희멀건 죽을 꾸역꾸역 삼켰고, 속이 뒤집어진 상황이라서 역

시나 약을 먹기도 전에 다 게워내버렸다. 하지만 그 흰죽은 엄마와의 기억과 함께 상진이의 마음이 전해져서 오랫동안 고소한 추억으로 남아 있다.

그러고 보니 상진이는 요리사인 내게 가끔씩 요리를 만들어주곤 했다. 그런데 하나 같이 조리법도, 맛도 독특했다. 참치캔을 따서 냄비에 넣고 간장과 설탕, 갖은 채소를 넣은 간장 조림을 만드는가 하면 간장으로 볶은 중국식 채소 볶음밥을 만들기도 했다. 하나같이 요리에 대한 나의 기본 상식을 깨뜨리는 과감한 것들이어서 상진이에게 "이건 재창조 요리야." 하고 말하곤 했다. 생각해 보니 요리사에게 요리를 해주는 경영학도라는 점만으로도 충분히 특이한 구도였다.

상진이는 요리사인 내 앞에서 한 번도 기가 죽지 않았다. 자신의 요리를 당당하게 내놓으며 요리 품평을 요구해왔다. 처음엔 도무지 뭐라고 말해줘야 하나 싶을 정도로 기묘한 맛이었는데, 차츰 먹을 만해지더니 어느 순간 간이 맞았다.

어느 주말 오전, 상진이가 또 주방을 차지하고 뭔가를 만들고 있었다. 둘 다 조금 한가한 날이면 요리사인 나보다 먼저 상진이가 주방에 진을 치고 있는 날이 종종 있었다.

"뭘 만드는 거야? 내가 요리 연습하려고 사놓은 재료 다 쓰는 건 아니지?"

"섭섭하게 왜 이래? 잠깐만 기다려봐. 내 스페셜 볶음밥을 먹게 해주지."

상진이는 믹싱볼에 달걀 네 개를 깨트려 넣고는 거기에 우유 반 컵을 부어 달걀을 풀고 있었다. 접시 위에는 이미 작은 주사위 모양으로 잘라서 파는 냉동 양파와 당근, 애호박이 해동 중이었다.

"너 할 일 없으면 팬이나 달궈줘. 달걀지단 만들게."

"알았다. 그런데 요리사를 아주 주방보조로 부려먹는구나. 월급은 주는 거냐?"

"월급 따위가 문제냐? 나의 스페셜 요리를 먹을 수 있다는 것만으로도 영광으로 알아라."

가스 불에 팬을 올리며 경영학도의 주방보조를 하게 된 상황이 좀 웃기기도 하고, 이번에는 어떤 괴상한 맛을 만들어내려나 싶어 조금 궁금하기도 했다. 이제 상진이는 제법 능숙해진 솜씨로 달걀지단을 뚝딱 부쳐냈다. 다시 팬에 올리브오일을 살짝 두르고 잘라놓은 채소를 넣고 볶다가 완두콩을 한줌 넣어 다시 볶더니 이번엔 버터를 큰 숟가락으로 두 번 뚝뚝 덜어냈다. 주방 가득 채소와 버터의 고소하고 달콤한 냄새가 퍼졌다.

"아, 냉장고에서 살사 소스랑 간장 좀 꺼내줘."

채소볶음에 밥을 넣어 골고루 섞은 뒤, 후추와 소금으로 간을 하며 상진이가 명령했다.

"네, 셰프!"

나는 재빨리 소스와 간장을 꺼내 싱크대에 올려주었다. 상진이는 달걀지단에 간장 두 큰술을 넣더니 주걱으로 마구 부수기 시작했다.

"접시!"

"네, 셰프!"

접시에 한가득 볶음밥을 담고 마지막으로 살사 소스를 뿌려 요리를 완성했다. 상진이 얼굴에는 이미 득의에 찬 미소가 가득한 것이 미슐랭 가이드 Michelin Guide (프랑스 타이어 회사 미슐랭이 발간하는 레스토랑 평가서)에 최고점을 받은 요리계의 거장 같은 당당한 모습이었다.

"자, 상진표 스페셜 볶음밥이라네. 먹어 보게나 친구!"

요리사는 요리의 냄새만으로 대충 맛을 짐작할 수 있다. 아니나 다를까 한 숟가락 가득 입에 넣었더니 내가 상상하던 딱 그 맛이었다. 조금은 고소하고, 조금은 매콤하고, 조금은 달콤한, 하지만 왠지 유치한 그런 맛이었다.

"어때? 감동적이냐?"

상진이의 너스레에 씹고 있던 볶음밥을 뿜고 말았다. 그리고 우리는 옥신각신하면서도 한참을 웃었고, 정말 맛있게 다 먹어치웠다. 그 볶음밥을 생각하면 지금도 스멀스멀 따뜻한 기운이 피어오른다. 오랜 시간을 함께하다 보니 서로의 식성을 알아가고 그 맛에 익숙해져서인지도 모르지만, 파격적인 재창조 요리를 완성하는 상진이의 요리는 내게 늘 웃음을 주는 행복한 요리로 기억된다. 그리고 상진이의 요리처럼 추억은 끊임없이 재창조되어 어느 날의 팍팍한 일상을 따스하게 어루만져준다.

IF YOU COOK

만약 당신이 요리를 한다면

당신의 새로운 매력을 보여줄 수 있다.

미연 씨의 프리타타 레시피를 따라서

만들어본 상훈 씨표 프리타타.

아내 미연 씨의 도움을 받으며 완성시킨 그의 첫 작품.

최근 아내가 '요리 프로그램'에 폭 빠졌다. 아내는 질리지도 않는
지, 각 방송국에서 하는 요리 프로그램을 모두 챙겨본다.

나도 아내를 따라서 엉겁결에 요리 프로그램을 보다가 은근히 그
매력에 빠져들고 말았다. 어느 날부터인가 셰프가 알려주는 요리
레시피가 어려워 보이지 않는다.

나도 금방 따라할 수 있을 것 같았다.

처음에는 우쭐한 남편이 되고 싶은 마음에 프리타타를 만들어보
았는데, 지금은 아니다. 요리하는 그 시간 자체가 즐겁다.

물론 내가 해준 요리를 먹고 돌아오는 아내의 "맛있어!"라는 한
마디도 나를 요리하게 한다.

최고의 긴장감을 준 전복죽

내 인생에서 가장 스릴 넘쳤던 순간을 하나 꼽으라고 하면 조금 고민이 필요하다. 하지만 작년이라는 한정된 시간을 두고, 최고로 긴장감이 넘쳤던 순간을 꼽으라면 바로 떠오르는 날이 있다. 요리를 하면서 그렇게 즐겁지 않았던 순간이 또 있었을까 싶을 정도로 아찔한 하루였다. 그리고 그 긴장의 순간이 지나자 더없이 내 자신이 작게 느껴지고 부끄러웠던 순간도 바로 그날이었다.

보나세라가 쉬는 날, 구청에서 주최하는 요리재능 기부활동으로 무료급식소를 찾았던 적이 있다. 구성원은 설거지 팀과 요리 팀으로 나누었는데, 주말을 이용한 회사원 봉사 동호회 회원들이 설거지를 담당하고 나와 내가 데리고 간 주방보조 두 명이 요리를 담당하기로 했다. 메뉴는 무료급식이라는 프로그램의 특성을 살려 전복죽으로 결정했다. 한 솥을 끓이면 많은 사람이 나눠 먹기에 좋고, 이가 약하고 영양이 부족한 어르신들께 대접하기에 전복죽만한 요리가 없다는 생각에서였다.

요리재능 기부활동을 가는 날 이른 아침, 노량진 수산시장에 들렀다. 채소 코너에서 양파, 애호박, 당근을 사고, 수산물 시장 바닥을 헤집으며 싱싱한 전복을 골라 샀다. 총 100명이 넉넉하게 먹을 수 있는 양으로 준비하다 보니 짐이 제법 많았지만 레스토랑 식재료를 구입하는 일에 비하면 큰일도 아니었다. 마침 전화 한 통에도 달려와준 퇴사한 친구들까지 곁에 있으니 마음이 든든했다. 소금과 참기름, 기본 그릇들은 급식소에 비치된 것을 사용하기로 했다.

우리가 간 곳은 미아리고개 꼭대기에 있는 급식소였다. 참가 인원들이 모여 배식소에 도착하니 11시가 조금 넘은 때였고, 어르신들이 식사를 하실 자리에는 물컵이 하나씩 놓여 있었다. 그런데 일찌감치 소식을 접한 어르신들이 하나둘 모여들기 시작했다. 우리는 잠깐 숨 돌릴 틈도 없이 서둘러 재료 준비를 시작했다. 재료를 씻고 다듬고 있는 중에도 갈수록 인원이 불어나더니 어느 순간 배식소는 발 디딜 틈이 없을 정도로 꽉 차버렸다.

이때부터 마음이 급해지기 시작했다. 웬만한 일에는 이골이 날 정도로 주방에 익숙해져 있었지만 손님 모두가 주방만 바라보고 있는 상황은 처음이었다. 거기다 식탁에는 물컵 하나만 달랑 놓여 있는 상황이라 빨리 음식을 내야겠다는 조급함에 식은땀이 났다.

누군가 "음식은 언제 주는 거요?" 하고 물었고, 그 말이 도화선이 되어 여기저기서 웅성거리기 시작했다. 정해진 배식시간까지는 한참이 남았지만 어르신들에게 그런 변명을 할 수 있는 상황이 아니었다. 예상보다 일찍 도착한 사람들 때문에 정신을 차리기도 힘든데 거기다 준비한 재료보다 사람들이 더 늘어가는 것 같아서 불안은 더해갔다.

"음식 언제 주냐니까? 빨리 좀 주지?"

어르신들은 기다리기 지루했는지 여기저기서 불만 아닌 불만들을 쏟아내기 시작했다. 그것을 보다 못한 구청 관계자 한 분이 분위기 반전을 위해 나섰다.

"어르신들, 지루하시죠? 음식을 기다리시는 동안 제가 노래 한 곡 뽑아보겠습니다."

관계자분이 구성진 목소리로 흘러간 가요를 부르기 시작했다. 그 분은 노래를 부르는 중간에도 가끔씩 걱정스레 주방을 바라보셨는데 나와 몇 번이나 눈이 마주쳤다. 그 눈은 '가능한 빨리, 빨리, 빨리' 하고 내게 무언의 압박을 가하는 것처럼 느껴졌다.

달궈진 솥에 참기름을 두르고 으깬 마늘을 볶다가 작게 썬 채소를 넣어 소금 간을 했다. 거기다 따로 분리해놓은 전복 내장을 넣어 다시 볶는데 아무래도 냄새가 좀 이상했다. 뭐가 문제인지 몰라 채소 하나를 꺼내 맛을 보는데 고소한 느낌이 거의 안 났다. 알고 보니 참기름이 향만 있는 싸구려 가짜 참기름이었다. 평소 지원이 많지 않은 무료급식소에서 비싼 참기름을 쓴다는 것이 무리라는 걸 미처 생각하지 못했던 것이다. 이럴 줄 알았으면 미리 준비해갔겠지만 이미 늦었으니 대신 간이라도 딱 맞춰 맛을 내자고 마음을 다잡았다.

살짝 익은 채소 위에 미리 해놓은 밥과 소금을 넣고 다시 볶은 다음, 뜨거운 물을 부어 중불에서 골고루 섞기 시작했다. 그리고 마지막으로 먹기 좋은 사이즈로 슬라이스 한 전복 살을 넣어 다시 저었다.

그런데 옆에 있던 참모 할머니가 갑자기 나섰다.

"에이, 이렇게 만들면 못 써!"

언제 떠왔는지, 손에 들고 있던 끓는 물 한바가지를 솥에다 전부 들이 붓는 것이었다. 미처 내가 말릴 틈도 없었다.

"아, 할머님! 여기에 물을 더 넣으면 맛이 없어요!"

너무 놀라서 시간이 촉박하다는 것도 잠시 잊고 솥단지와 참모 할머니 얼굴을 번갈아 바라봤다. 참모 할머니는 여전히 나와 주방 이것저것을 마땅찮은 눈으로 쳐다보셨다.

"그까짓 거 가지고? 턱도 없어!"

참모 할머니는 평소 배식소에서 일하시는 분으로 우리에게 익숙지 않은 배식소 주방의 상황을 설명해주기 위해 계신 분이었다. 그런데 내가 움직일 때마다 자꾸 감시와 의심의 눈초리로 바라보시곤 하더니 간섭을 하기 시작하신 것이다. 그렇다고 참모 할머니에게 따질 수도 없고, 셰프의 자존심인 맛을 포기할 수도 없는 상황이었다. 속은 바짝바짝 타들어 갔지만 맛을 내기 위해 할 수 없이 채소를 더 넣고 다시 소금 간을 했다. 하지만 내가 내고 싶은 맛과는 이미 미묘하게 달라져버린 뒤였다.

주방만큼 식당 분위기도 좋지 않았다. 사람들로 식당은 넘쳐나고, 사회자는 노래 한 곡이 끝날 때마다 나를 쳐다보고 있었다. 거기다 관계자 한 분이 전한 상황은 더 심각했다.

"어쩌죠? 지금 인원이 자꾸 불어나서 150명도 훌쩍 넘을 것 같은데요?"

내가 어림잡아 세어본 수도 그 이상은 될 것 같은데 문제는 사람들이 여전히 밀려오고 있고, 인원이 얼마나 더 늘어날지 예상할 수가 없다는 점이었다.

"왜 이렇게 많은 거죠? 벌써 예상 인원의 두 배 이상 초과된 거 아닌가요?"

"셰프님이 오신다고 소문이 났대요. 여기 동네 분들 뿐만 아니라 처음 오신 분에다 멀리서부터 일찍 움직여서 오신 분들까지 계신다네요. 아무튼 무사히 끝낼 수 있게 잘 부탁드립니다."

다행이 12시 15분부터 배식이 시작됐다. 그나마 처음 내어간 전복죽은 내가 의도한 맛에서 크게 벗어나지는 않았다. 하지만 이제 맛이 문제가 아니었다. 계속해서 늘어만 가는 이 많은 사람들을 다 먹이려면 그만큼 양을 더 늘려야 했다. 식사를 하러 오신 어르신을 그냥 돌려보낼 수는 없는 노릇이었다. 선택은 하나뿐이었다.

'로마에 가면 로마의 법을 따르자'

나도 참모 할머니처럼 양을 늘리기 위해서 물을 더 붓고, 거기에 채소를 넣고 소금 간을 다시 했다. 이제 맛을 포기했으니 간이라도 맞춰야 하는 상황이었다. 이런 과정이 계속 반복되었다. 국

끓이는 큰 솥단지에 노 젓듯 저어가며 끓이는 과정이 자동 인형처럼 척척 이뤄졌다.

1시 10분, 드디어 전쟁 같던 배식이 끝났다. 그 많던 사람들이 썰물처럼 빠져나가고 나서야 나는 겨우 정신을 차렸다. 주방에서 혼이 빠져 있느라 몰랐는데 설거지 팀 중에서는 밀려드는 사람들 때문에 설거지를 빨리 하느라 손을 베인 분까지 있었다.

모두들 기진맥진한 상태였지만 다행히 일이 무사히 끝났다는 안도감 때문에 저절로 인상이 펴졌다. 나는 영혼 없는 헛웃음만 자꾸 나왔다. 요리사의 기본인 맛을 던져버리자 요리가 처음으로 즐겁지 않았다. 맛있는 요리를 대접하겠다는 내 의지는 그곳에 도착해서 거의 30분 만에 사라지고 나중에는 간만 맞으면 된다는 뚜렷한 목적 하에 솥단지 노를 저은 것이다. 마지막으로 봉사인원이 남은 전복죽으로 늦은 점심을 먹었다. 그런데 얼마나 양을 늘렸던지 100명을 예상하고 준비한 재료로 총 230명까지 먹고도 조금 남을 정도였다.

처음 보는 주방과 요리 기구들, 기본 재료들이 처음엔 재미있게 느껴졌다. 그러다 차츰, 옆에서 잔소리를 해대는 참모 할머니가 속으로 귀찮았고, 기계적으로 음식을 만들고 있는 내가 싫었다.

서로 고생했다는 격려를 보낼 때까지도 드디어 끝났다는 안도감 밖에 없었다. 그러다 230인분으로 늘어난 전복죽을 먹으면서 조금씩 뭔가를 깨달았다. 아무런 후원 없이 이곳을 유지해나간다는 것이 얼마나 대단한 일인지, 참모 할머니의 잔소리가 얼마나 감사한 것이었는지를 실감했다. 오랜 배식소 참모를 해오면서 몰려드는 사람들만 봐도 대충 인원수를 헤아리고, 끊임없이 전복죽을 창조해낸 혜안이 그저 감탄스러울 뿐이었다.

어느 주방에 가도, 그 주방을 책임지는 분들과 함께 일을 해보면 늘 느끼는 것이 있다.

'한 하늘에 두 태양은 없듯, 한 주방에 두 주방장이 있을 수는 없다'

내가 비록 셰프일지라도, 남의 집에 가면 내려놓아야 할 그 첫 번째가 바로 '나는 셰프다!'다. 이런 경험이 처음도 아닌데, 그 순간에 빠져 있으면 예전의 기억 같은 것은 떠올리지 못한다는 것이 참 신기할 지경이다.

IF YOU COOK

만약 당신이 요리를 한다면

친구들과 좋은 시간을 보낼 것이다.

친구들과 함께 술 한잔 하기 위해 만든

찬규 씨표 안주.

친구들이 술 한잔 하자며 우리집으로 왔다. 냉장고 안에는 술안주로 만들 재료도 없거니와 이미 한잔들 하고 온 상태여서 가벼운 안주가 필요하다는 생각이 들었다. 집에 있는 바게트 빵 위에 치즈를 얹은 뒤 오븐에 살짝 구웠다. 보기 좋으라고 파를 송송 썰어 올려 와인과 함께 친구들 앞에 내놓았다. 손이 덜 가는 음식임에도 친구들이 보기엔 낯선 이 음식이 꽤나 고급스러워 보였는지 다들 한마디씩 칭찬을 늘어놓는다. 더불어 '앞으로 2차는 찬규네 집에서!'라는 구호와 함께 말이다. 조금은 귀찮지만 친구들에게 맛있는 음식을 해줄 수 있어서 기분이 좋았다.

남자들의 달콤한 밤

고시생 스타일의 상진이는 먹는 걸 무척 좋아하는 친구라서 늘 내 요리의 실험 대상자였다. 식당에서 만들어온 다 식고 불어터진 파스타도 상진이는 늘 맛있게 먹어주었다. 우리는 그 작은 방에서 같이 음식을 나눠 먹고, 또 서로의 꿈을 이야기하며 우리의 미래를 키웠다. 내가 요리사의 길에서 고군분투하는 동안 상진이는 학교 과제와 시험의 연속으로 스트레스에 찌든 시기를 보냈다.

그 즈음 나는 케이크 만들기에 한창 열을 올리던 중이었다. 나름 예쁘게 잘 구워진 케이크는 인사를 해야 하는 분들에게 선물을 하고, 실패한 것이나 모양이 별로인 것은 대부분 상진이 뱃속으로 들어갔다. 그것이 마치 우리들의 룰처럼 적용되던 어느 날, 상진이 갑자기 반기를 들었다. 간만에 둘이서 케이크를 안주삼아 맥주를 마시고 있을 때였다. 이런저런 고민 이야기를 하다 상진이가 뜬금없이 물었다.

"예쁘게 나온 것은 다 어디로 가고 난 왜 만날 이렇게 미운 것만 주냐?"

생각해보니 맛에 대해 이러쿵저러쿵 평가를 해주는 것도, 나름 좋은 것이 떠올랐다며 황당한 아이디어를 내주는 것도 늘 상진이었다. 은연중에 상진이에게 받은 위로가 한가득이었는데 항상 곁에 있는 것을 내가 너무 당연하게 여기고 있었다. 새삼 미안해서 무언가 보답해야겠다는 마음이 들었다.

"생각해보니 많이 미안하네. 가장 먹고 싶은 요리가 뭐야? 내가 해줄게."

요리사인 내가 해줄 수 있는 최선의 보답은 요리였다. 그런데 상진이의 대답이 좀 뜻밖이었다.

"푸아그라!"

"뭐? 많고 많은 요리 중에서 하필 푸아그라야?

그러자 또 상진이 다운 시트콤 같은 대답이 돌아왔다.

"비싼 요리가 좋은 요리 아니냐?"

내가 더 비싸고 좋은 요리도 많은데 하필 푸아그라냐고 다른 요리를 만들어주겠다고 했다. 그때에도 푸아그라의 재료에 약간의 반감이 있었다. 주재료인 거위와 오리의 간을 더 키우기 위해 인공적인 방법을 사용하는 것이 마음에 안 들어서다. 잘 움직이지 못하게 어두운 방에 가둬놓고 억지로 먹이를 먹여서 간을 키우는 것은 학대에 가까웠다. 그런데 상진이는 계속 푸아그라를 고집했다.

"봐, 푸아그라! 어감도 뭔가 있어 보이잖아. 그리고 워낙 유명한 요리라 언젠가 꼭 한번 먹어보고 싶었어."

어쩌면 상진이에게 푸아그라의 맛 같은 것은 중요하지 않았을 수도 있다. 우리는 가난했고, 좀 더 멋진 미래를 꿈꾸면서 하루하루를 버텨내는 데 온 힘을 쏟았다. 그래서 우리가 만들 수 있는 최고의 순간을 상상했을 때 함께하는 요리, 상진이에게 그 요리의 상징이 푸아그라였을 수도 있다. 세상 사람들이 대부분 이름을 아는 유명한 요리지만 쉽게 먹을 수 없어서 미지의 맛으로 남아 있는 요리, 상진이가 충분히 매력을 느낄 만했다.

다음 날, 내가 일하던 식당에서 거위 간을 얻어 밤 11시가 넘어서 집에 돌아왔다. 식당에서처럼 근사하게 요리를 해주고 싶었지만 집 주방에는 있는 것보다 없는 것이 더 많았기 때문에 어쩔 수 없이 기본 간만 해서 와인과 함께 내놓았다. 상진이는 그것만으로도 무척 좋아했다. 영화에 나오는 프랑스 귀족처럼 아주 우아한 포즈를 장난스럽게 지으며 맛나게도 푸아그라를 먹어 치웠다. 옆에서 와인을 홀짝거리던 나는 그 모습에 덩달아 신이 났다. 분위기에 먼저 취한 나는 귀족을 연기하는 상진이의 포즈를 재현하며 미친 듯이 뒹굴며 웃었다.

늦은 밤, 좁은 그 공간과는 도무지 어울리지 않는 고시생 스타일의 귀족이 푸아그라를 먹고 있고, 겨우 기본 간밖에 할 수 없었던 주방장은 푸아그라를 먹는 귀족의 흉내를 내며 뒹구는 풍경. 그 시절이 너무 그리워졌다.

그 시절의 상진이와 나는 거의 집에서 술을 마셨다. 시간도 돈도 없는 가난한 유학생이라는 것이 가장 큰 이유였지만 술집의 답답한 공기가 싫기도 했다. 주변의 소음이 차단된 집에서 마시는 술은 마음을 차분하게 만들었다. 내가 가져온 요리를 안주삼아 먹으며 수다를 떨다 보면 그렇게 즐겁고 편할 수가 없었다. 술자리가 깊어지면 속 깊숙이 숨겨졌던 이야기도 자연스럽게 꺼냈다. 우리는 서로의 고민을 들어주고 조금만 더 힘내자고 서로를 위로했고, 그 힘으로 나는 지금 이 자리에 있다. 지난날이 괴롭고 더 힘들었지만 이제 돌아올 수 없는 시간이라는 아쉬움과 그리움이 더해져 그 시절로 한 번쯤 다시 돌아가고 싶어진다. 그 아쉬움을 지금은 보나세라 주방 식구들과 마감을 하고 식당에서 뒤풀이를 하는 것으로 대신하고 있다.

한국에 돌아왔을 때, 처음 얼마간은 사람들과 하는 술자리가 조금 어려웠다. 친구들과 만나 술을 마시면 주제는 늘 한정적이었다. 직장, 재테크, 스포츠, 여자. 같은 패턴의 이야기가 다른 친구와의 술자리에서도 계속 돌고, 주변의 시끄러운 소음과 자리이동 때문에 속 깊은 이야기를 꺼내는 것이 쉽지 않았다. 마치 내일은 없는 사람들처럼 죽자고 술만 마셔댔다. 그렇게 죽자고 마시면서 2차, 3차를 달리다 보면 늦은 시간이나 새벽에야 집에 들어갈 수밖에 없다. 운이 나쁘면 술친구와 시비가 붙어 지구대에서 밤을 보낼 수도 있다. 술집은 익명성이 보장되기 때문에 편한 대신 은연중에 내 마음대로 행동해도 된다고 생각해서 말과 행동이 거칠어진다. 그렇게 저녁부터 밤까지 이곳저곳을 옮겨 다니면서 별 볼일 없는 이야기만 주고받은 뒤, 남는 것은 숙취로 인한 두통과 언제 자신이 낸지도 모르는 엄청난 금액의 술집 영수증이다.

이런 안 좋은 술 문화는 우리 스스로가 바꾸려는 노력이 필요하다. 한 방법으로 집으로 친구들을 초대해서 술자리를 가져 보는 건 어떨까? 많은 돈을 들이지 않더라도 쉽고 맛있게 만들 수 있는 안주는 얼마든지 있다. 가장 쉬운 것은 건어물과 견과류를 사서 푸짐한 마른안주 접시를 만드는 거다. 요리에 자신이 있다면 홍합 튀김에 도전해보는 것도 좋다. 술의 종류에 따라 궁합이 맞는 안주가 따로 있어 그것을 찾아보는 것도 재미다. 초대를 받아 갈 경우 자신 있는 안주를 하나 만들어 가면 더 좋다. 처음에는 친구 집이 어딘가 조심스럽고 불편할 수 있다. 하지만 분위기가 오르면 술집에서 느낄 수 없는 편안함과 따뜻함을 느낄 수 있다.

WHY DO I COOK

내가 요리하는 이유

by. Sam kim

Lunch time! Went local market! With my litte boy! 비 오는 날 재래시장! 나름 운치 있지? 새우가 먹고 싶다고 해서 만들어보았다. 그런데 이런 비주얼 아니야? 그럼 내가 다 먹는다? 새우와 오징어 그리고 쪽파를 집에서 낮에 먹기엔 왠지 살짝 아쉬운 느낌! 꼭 저녁에 먹어야 할 것 같은 느낌. 내가 봐도 아주 잘 구워졌네! 단지 지금 레몬이 없다는 게 조금 아쉬울 뿐!

새우 오징어 쪽파 구이

재료

새우(10마리), 오징어(1마리), 쪽파(1단), 레몬(1개), 올리브오일, 소금, 후추

조리법

1) 손질된 새우와 오징어를 올리브오일에 살짝 재워둔다.

2) 팬에 새우와 오징어를 구워준 뒤 소금과 후추로 간을 한다. 새우와 오징어
   가 다 익으면 접시 위에 담아준다.

3) 새우와 오징어를 구운 팬에 쪽파를 올려서 익혀준 뒤 새우와 오징어를 담
   은 접시 위에 함께 올리고 레몬즙을 뿌려준다.

5월 31일, 1년에 단 하루

남자와 여자는 참 다르다. 배우자 자랑을 할 때보면 남자는 아내의 미모나 성품 같은 것을 뭉뚱그려 이야기하는데, 여자는 주로 남편의 자상함에 대해 세세한 것까지 이야기한다. 그런 이야기를 들었을 때 집에 돌아와 대처하는 방법도 다르다. 남자는 그냥 '다른 부인들은 잘한다는데 넌 왜 그러냐.' 하는 표정을 한 번 짓고 만다. 여자는 세세한 부분까지 이야기를 들어서 그런지 들은 이야기를 꼭 티를 내려고 한다.

내가 아는 L은 남편과 사이가 좋다. 둘 다 직장인이라서 평소에 청소나 요리에 대해 크게 신경 쓰지 않는 룸메이트처럼 지내는 관계다. 주로 주말에 몰아서 청소를 한다. 한 번은 친구가 L에게 남편 자랑을 했다. 어느 날 집에 들어오니 남편이 깨끗하게 청소를 해놨더라는 이야기였다. L은 별 생각 없이 듣고 넘겼다. 11시쯤 늦은 퇴근을 한 어느 날이었다. 집에 들어오니 지저분한 집이 신경에 거슬렸다. 갑자기 열이 솟구치면서 '아내는 이렇게 늦게까지 일하다 들어왔는데 남편이라는 사람은 소파에 앉아 치킨이나 먹고 있어?' 하고 화가 났다. 피곤함을 참고 L은 청소를 하기 시작했다. 자신이 청소를 하고 있다는 것을 남편이 모를 수 없게 일부러 큰 소리를 내면서 유세를 했다. 남편이 "밤늦게 왜 이래? 무슨 일 있어?" 하고 물었지만 L은 "아니야!" 하고 신경 쓰지 말라는 제스처를 했다. 그러면서도 계속 화난 표정이었다. 남편도 신경이 쓰여 "도대체 왜 그래?" 하고 몇 번이나 물었다. 그제야 L은 자신도 모르게 친구에게 들었던 이야기를 쏟아냈다. "누구 남편은 직접 청소도 해준다는데 난 뭐야?" 남편은 그 말을 듣고도 스스로 청소를 하겠다는 생각은 하지 못했다. 그런데 다음 날, 남편이 집으로 가사도우미를 불렀다. 그렇게 힘들면 자기 용돈으로 한 번씩 부르겠다는 것이다.

고마운 일이긴 하지만 L은 좀 섭섭했다. 예전의 남편이 어떤 사람이었는지 알기 때문에 더 섭섭했다. L의 남편은 예전부터 치킨을 하도 좋아해서 생활비에 '치킨 고정비'라는 것이 있다. 남편은 6시가 되면 무조건 칼퇴근을 하는 직장이고 L은 퇴근 시간이라는 개념이 없는 일을 하고 있다. 그러다 보니 서로 시간이 안 맞아 남편 혼자 저녁 시간을 보내는 날이 많다. L은 자연스럽게 치킨 시켜먹으라는 말을 남편에게 자주한다.

　L이 그렇게 말하는 데에는 이유가 있다. 남편은 두 나라에서 4년 정도 유학생활을 했었다. 유학 생활 중에도 치킨에 대한 갈망은 사라지지 않았다. 일본 유학시절엔 당시 양념 치킨이 없었고 치킨 배달이라는 개념도 없었다. 그나마 먹을 수 있는 한인 타운은 너무 비쌌다. L의 남편은 결국 생닭을 사다 스스로 튀겨 먹기로 했다. 그런데 양념이 된 치킨이 너무 먹고 싶어서 중간에 한국에 다녀올 때 양념 소스를 한 통 사서 일본으로 돌아와 맘껏 만들어 먹었다.

　그렇게 양념 치킨까지 해먹을 정도로 의욕적이었던 사람이 이제 손가락 하나 까딱하지 않으려는 모습으로 바뀐 게 L을 섭섭하게 한 것이다. 요즘은 배달을 시키거나 아내가 해주겠지 하고 움직일 생각을 하지 않았다.

결혼을 하고 나서 남자들이 가장 많이 변하는 것이 '주말은 노는 날이 아니라 쉬는 날'이라는 생각의 변화다. 요리를 잘하거나 외출을 좋아하던 남자도 결혼만 하면 만드는 재미는 사라지고 먹는 행위만 남았고 주말엔 집에서 자는 것이 최고다. 어쩌다 별스러운 김치찌개라도 한 번 해주고 나면 "내가 만들었어!" 하고 무용담처럼 두고두고 자랑을 하며 생색내기 일쑤다. 이런 남편을 둔 아내들은 맛있는 요리를 해주는 남편에 대한 환상이 있을 수밖에 없다.

한번은 아내 친구들이 부부동반으로 놀러와 아내들끼리 이야기를 나누고 있었다. 마침 냉장고에 아내랑 심심할 때 먹으려고 가져다놓은 케이크가 있었다. 정말 별 생각 없이 케이크를 식탁에 올리자 아내가 "어제 당신이 만들어 온 거네." 하고 지나가는 투로 한마디 던졌다. 그러자 갑자기 아내의 친구들이 감탄사를 연발하기 시작했다. 그때 남편들이 다가오자 "이것 봐! 남편이 만들어줬대. 당신도 나를 위해서 뭐라도 만들어봐." 하고 타박을 하기 시작했다. 자연스럽게 남편들의 식성으로 화제가 번지면서 꼭 국이 있어야 하고, 냉장고에 들어갔던 건 다시 안 먹고, 꼭 새로 지은 밥을 고집하고, 채소보다는 고기 요리가 많아야 한다는 말들로

이어졌다. 아내는 다행이 내가 식은 밥이나 국이 있고 없고를 별로 안 따지고 아무 거나 잘 먹는 편이라고 했다. 나는 시간에 쫓겨 그냥 빨리 먹느라 따지지 않는 건데 그 모든 것이 요리사라는 직업의 장점으로 둔갑해서 '역시 다르다'는 이상한 결론으로 끝나고 말았다. 아내 친구의 남편들은 남들을 부러워할 이유가 없는 번듯한 직장들을 가지고 있다. 그런데 여자들의 그 특유한 정감을 건드린다는 이유에서 남편이 요리사라는 걸 부러워했다. 결국 그 자리가 파할 때까지 나는 가시방석에 앉은 것처럼 다른 남편들에게 미안해했다.

이제 남편들도 아내가 원하는 것이 무엇인지 대충 알 것이다. 날마다 무언가를 해주길 바라는 게 아니다. 한 달에 한 번이면 좋겠지만 적어도 일 년에 한 번 정도는 가족을 위해 요리하는 날을 정해보는 건 어떨까? 어쩌다 김치찌개 하나 끓여주고 몇 년을 우려먹지 말고 그날 하루만은 남편이 요리를 전부 책임지는 거다. 혼자 요리하는 것에 자신이 없다면 친한 가족들끼리 일 년에 한 번 모이는 것도 한 방법이다. 처음에는 가벼운 요리실습을 한다는 마음으로 만나도 좋다. 일단 돼지 목살을 충분한 양으로 산다. 고기는 소금 후추 간을 해서 구워두고, 채소는 썰어서 볶는다. 이 둘을 그릇에 담아 그 위에 토마토소스를 붓고 뚜껑을 닫아 그냥 오븐에 넣어서 돌린다. 기다리는 동안 남편들끼리 수다를 떤다. 분명 소소한 각자의 의견들이 있을 것이다. 몇 번 꺼내 찔러도 보고 색깔은 어느 정도가 좋은지, 만졌을 때 단단하면 다 익은 것인지 하는 이야기를 하는 거다. 그러면 돼지고기는 겉이 익었더라도 속이 다 안 익은 경우가 많다는 것을 아는 사람도 있을 것이다. 원래 여러 명이 모이다 보면 요리는 못하더라도 훈수는 잘 두는 게 남자들의 특징이다. 심지어 불을 지피는 일 하나까지도 남자들은 말들이 많다. 숯과 종이와 번개탄을 어떤 순서로 놓느냐로도 각자의 의견들이 분분하다. 가족 단위로 만나 놀러 가면 남자들은 처음에 그냥 귀찮으니 사 먹자고 한다. 막상 눈앞에 그릴과 숯, 고기가 준비되면 서로 불을 붙여보고 싶어 하고, 자기가 고기를 굽고 싶어 한다. 만나서 이런 이야기를 하다 보면 요리에 대한 흥미가 생기고 그 흥미가 취미로 발전할 수 있다. 그리고 모임이 고정되다 보면 다음엔 어떤 요리를 할지 모임이 있는 날을 앞두고 자연스럽게 고민하게 된다. 내가 가진 실력으로 할 수 있는 요리를 찾아보면서 탄력이 붙으면 더 어려운 요리에도 도전해볼 수 있다. 우선은 계기를 만드는 것이 좋다.

집에서는 어쩐지 하기 힘들다고 생각되면 밖으로 나가보는 것도 좋다. 요즘은 캠핑이 대세다. 아빠가 자신의 존재를 아이에게 부각시킬 수 있기 때문이다. 요즘은 모든 것을 엄마들이 다 알아서 척척 해주는 시대다. 그런데 캠핑을 가면 아이들은 아빠만 찾는다. 남자들은 자신의 존재감이 커지면 평소에 절대로 하지 않을 일도 척척 한다. 남자는 여자보다 칭찬에 민감하다. 평상시 집안일은 내가 없어도 상관없이 잘만 돌아가지만 캠핑장엔 '내가 없으면 안 된다'는 생각이 들고 '아빠가 최고'라는 말을 한 번 이상은 들을 수 있다.

이제 날을 정하는 일만 남았다. 그런데 문제는 날을 정하는 이야기만 주고받다가 유야무야로 끝나버릴 수도 있다. 가족끼리만 보낸다면 날짜를 편하게 정하면 되지만 다른 가족들과의 모임 날짜는 정하는 것에 어려움이 좀 따른다. 서로의 스케줄을 따지고 좋아하는 계절을 따지다 보면 날짜를 정하는 게 힘들어 다음으로 미룰 가능성이 있다. 그래서 상관없는 사람이 정해주는 것도 좋은 방법이다.

가족끼리라면 5월 31일, 다른 가족들과 함께 하는 모임이라면 5월 마지막 주 일요일로 날짜를 확정하자. 5월은 어린이날과 어버이날이 함께 있는 '가정의 달'이기도 하다. 계절상으로 춥지도 덥지도 않은 최적의 달이기도 하다. 그날 단 하루라도 남편이, 아빠가, 봉사하겠다고 가족들에게 선포해보자. 처음에는 '과연?' 하는 눈빛을 보낼지도 모르지만 그날이 조금씩 다가올 때마다 가족의 기대감도 높아질 것이다. 그리고 그 단 하루의 희생이 자상한 남편, 최고의 아빠로 거듭날 수 있는 작은 시작이 될 수도 있다.

WHY DO I COOK :

내가 요리하는 이유

by. Sam kim

If you cook⋯ you can get your family together!

만약 당신이 요리를 한다면, 온가족이 함께 모여 식사를 할 수 있고⋯ 만약 당신이 요리를 한다면, 아이들에게 '장수'하는 좋은 방법의 예를 보여주는 것이고⋯ 만약 당신이 요리를 한다면, 어떻게 음식이 만들어지는지 이해할 수 있게 되어, 더 건강하게 먹게 될 것이며⋯ 만약 당신이 요리를 한다면, 당신이 살고 있는 집이라는 곳을 인생에 있어서 특별한 장소로 만들 수 있을 것이고⋯ 만약 당신이 요리를 한다면, 다른 사람들을 행복하게 할 수 있으며⋯ 만약 당신이 요리를 한다면, 사람들은 당신을 기억할 것이다⋯.

간단하게 모두가 요리합시다! 그리고 느껴봅시다!

프로슈토햄과 버섯 크림파스타

재료.

프로슈토햄(슬라이스한 햄 4장), 버섯(표고버섯 3개, 느타리버섯 3개), 생크림 (1컵), 마늘(1개), 다진 파슬리(1작은술), 스파게티면(100g), 올리브오일, 소금, 후추

조리법

1) 프로슈토햄을 작게 자른다. 팬에 올리브오일을 두르고 다진 마늘과 프로 슈토햄을 볶아준 뒤 슬라이스한 표고버섯과 느타리버섯을 넣어 다시 한 번 볶아주며 소금과 후추로 간을 한다.

2) 볶은 햄과 버섯에 생크림을 넣고 약불에서 살짝 졸여준 뒤 스파게티면을 9분간 익혀서 섞어준다. 마지막으로 다진 파슬리를 뿌린다.

EPISODE # 27

치킨과 피자

아내와 나는 둘의 문제로 싸우는 일은 별로 없다. 우리의 다툼 대부분은 소소한 육아방식의 차이 때문에 생긴다. 아내는 내가 다니엘을 심하게 혼내는 것을 싫어한다. 한 번은 마트에서 너무 장난을 치기에 아이에게 꿀밤을 한 대 때린 적이 있다. 갑자기 다니엘이 마트가 떠나가도록 울기 시작했고, 뒤늦게 달려온 아내가 왜 애를 때리느냐며 화를 냈다. 나도 기분이 상해 분위기가 어색해졌다. 또, 아내는 다니엘이 먹는 것에 지나치게 민감하게 군다. 아내는 아이에게 꼭 쌀을 먹여야 한다. 우리가 아침에 빵을 먹을 때도 다니엘에겐 밥을 주고, 밥이 아니면 떡이라도 줘야 한다. 과일도 아침에는 꼭 사과와 다른 몇 가지 종류를 골고루 먹인다. 그렇다 보니 아침 식탁엔 다니엘의 떡과 사과 그 이외에 여러 가지 과일 접시, 우유나 주스, 샐러드, 우리 몫의 빵, 커피까지 해서 식탁이 가득 찬다. 꼭 이렇게 해서 먹어야 하나, 하는 생각이 들지만 아내에게 이건 양보가 불가능한 일이다.

다니엘의 문제가 아니라면 우리는 거의 다투지 않는다. 아내가 내게 요구하는 것이 많지 않아서 더 그런지도 모르겠다. 아내의 요구는 딱 두 가지다. 대화 많이 하기, 둘만의 시간을 갖기. 그 두 가지는 한가지나 마찬가지다. 둘 만의 시간을 가지다 보면 대화도 많아진다. 우리의 대화는 주로 다니엘이 잠든 저녁 시간이다. 한 번은 무화가 타르트 자투리를 가져온 적이 있다. 레스토랑에서 디저트로 내놓기 위해서 모양을 잡아 자르고 남은 부분이었다. 가끔 은 테스트용으로 만든 것을 가져오기도 한다. 그러면 아내는 살찌니까 가져오지 말라고 정색을 한다. 그러면서도 식탁에 올려놓은 무화가 타르트의 달콤한 냄새를 외면하지 못한다. 한 번 맛을 보고는 "진짜 맛있다!" 하고는 계속 집어 먹는다. 나도 들어와 씻지도 않고 그대로 식탁 의자에 앉았다가 아내와 같이 무화가 타르트를 먹기 시작한다. 그렇게 맛있는 것을 먹으며 이런저런 이야기를 하다 보면 시간 가는 줄 모르게 된다. 이제 씻어야겠다는 생각에 일어났을 땐 무화가 타르트 절반이 사라진 뒤다.

　나도 그렇지만 아내는 군것질을 좋아한다. 하지만 아내에게 군것질을 좋아하느냐고 물으면 절대 아니라고 할 수도 있다. 내가 입이 심심해 아내에게 같이 먹을 거냐고 물으면 아내는 늘 안 먹는다고 대답한다. 그래 놓고는 내 몫만 사게 되면 절반 가까이 아내가 먹어 없앤다. 언젠가 햄버그 가게에서 감자 튀김을 산 적이 있는데 내가 운전을 하는 동안 자꾸 집어 먹는 거다. 결국 집에 돌아왔을 때 절반이 채 남지 않았었다. 그 일로도 장난스러운 말다툼을 잠깐 벌였다. 우리의 싸움은 대부분 이런 식이다. 이제 아내의 안 먹는다는 말은 믿지 않는다. 그냥 하나 더 사는 게 마음 편하다.

　작년에 아내와 심하게 다툰 적이 한 번 있긴 하다. 역시나 시작은 사소한 문제였다. 출근길에 아내가 다음날 토마토 소스 파스타를 할 예정이니 토마토 소스를 가져와 달라고 했다. 주말을 앞둔 날이라 알았다고 대답을 하고 출근을 했다. 잠깐씩 쉬는 시간에 아내와 두 번이나 통화도 했다.

　"토마토 소스 챙겨놨어?"

두 번 다 통화를 끝내는 마지막엔 소스 쌌느냐, 챙겼느냐고 물었다. 나는 쌌다고 대답했다. 그런데 퇴근하는 길에 챙겨둔 토마토 소스를 그만 깜빡하고 말았다.

"도대체 그걸 어떻게 깜빡할 수 있어? 내가 그렇게 몇 번이나 부탁했잖아."

집에 갔더니 아내가 화를 냈다. 당연히 화가 날만도 하다고 생각하면서 그날은 나도 지기 싫어 고집을 부렸다.

"그래, 내가 잘못한 건 맞지만 그게 이렇게 화낼 일이야?"

사과하고 끝낼 수 있었던 일이 내 고집으로 큰 다툼으로 번지고 말았다.

토요일 오후, 우리는 둘 다 냉전 중이라 서로 눈도 마주치지 않았다. 우리는 아무리 화가 나도 배가 고프면 먹을 건 먹어야 한다. 슬슬 배가 고프기 시작해서 뭘 먹어야 하나 고민에 빠졌다. 주방에서 뭔가를 만들어 같이 먹기도 어색하고 그렇다고 혼자만 만들어 먹을 수도 없었다. 결국 배달 요리를 주문하기로 했다. 공교롭게도 아내는 피자를 주문하고 나는 치킨을 시켰다. 치킨과 피자는 배달음식의 꽃인 동시에 갈등의 원인이기도 하다. 그래서 둘 다를 주문 받는 가게가 생겨날 정도다.

나는 서재 방에서 있었고, 아내는 거실에서 다니엘과 있었다.

아내의 피자가 먼저 도착했는데 그 고소한 냄새가 서재 방까지 솔솔 풍겨 왔다. 나가서 먹고 싶은 마음이 굴뚝같았지만 참고 기다리기를 몇 분, 마침내 내 치킨이 왔다. 우리는 각자 거실과 서재 방 앞에 있는 탁자에서 따로따로 치킨과 피자를 먹었다. 생각해보면 그때 화는 이미 가라앉았고, 아내에게 미안함이 더 커서 빨리 그 순간을 넘기고 싶었다. 그런데 어떻게 사과를 해야 할지 고민도 되고, 그 사소한 일로 화를 낸 것이 민망하기도 해서 더 사과하기가 힘들어졌다.

'민망하게 꼭 내가 먼저 사과를 해야 해? 그냥 별일 없었던 것처럼 당신이 먼저 말 걸어주면 안 돼?' 하는 오기도 있었다.

둘 다 그런 생각을 하고 있을 때 아이가 있다는 것이 참 좋다.

"아빠 같이 먹어요."

다니엘이 접시에 피자를 담아 가져왔다. 아직까지도 서로 모른 척 하고 있지만 분명 아내가 보낸 것이다. 다니엘 혼자의 생각이었다면 접시에 피자를 담아오지 않고 나를 직접 피자 앞으로 끌고 갔을 거다.

"다니엘 고마워, 다니엘도 이리 와서 먹어봐."

나도 아내처럼 시치미를 떼고 아내 몫의 치킨까지 접시에 담아주었다. 그렇게 자연스럽게 화해가 되면 좋겠지만 우리 둘 다 고

집이 있어 먼저 말을 걸지는 않았다. 이미 화가 어느 정도 수그러들었지만 어쩐지 먼저 말을 거는 사람이 손해처럼 느껴졌다.

저녁이 되니 다시 배가 고팠다. 두 번 연속으로 배달음식을 먹을 수는 없었다. 가족이란 어쩔 수 없는 상황에서도 같이 밥을 먹어야 하는 사이라서 더 특별할 것이다. 딱히 머리를 굴리지 않았는데 나는 삼겹살을 구워먹을 준비를 했다. 내 몸과 손이 아내가 좋아하는 파절임을 기억해낸 것이다. 무의식적으로 내가 먼저 화해의 손길을 내민 셈이다. 나는 특히 파절임을 잘한다. 어머니한테 배운 대로 고춧가루, 후추, 참기름, 설탕, 간장, 식초의 배합을 환상적으로 맞춰 그냥 먹어도 맛있다. 내가 만들어주는 이 파절임을 아내는 고기만큼 좋아한다.

우리는 말없이 요리 준비를 했다. 여전히 어색해서 서로 몸을 부딪히지 않으려고 조심했지만 한 주방에서 같이 식사 준비를 하다 보면 어쩔 수 없이 몸이 부딪히고 말을 해야 하는 상황도 생기기 마련이다. 그날은 소금이 보이지 않았다. 아내는 왜인지 모르지만 소금을 냉동실에 보관하는데 제자리에 없었다. 나는 고집이 센 편이라 먼저 말은 걸지 않으리라고 생각했지만 당장 필요하니 입을 다물고 있을 수가 없었다. 할 수 없이 퉁명스럽게 툭 물었다.

"소금 어디 있어?"

아내의 고집도 만만치 않다. 성격까지 급한 나에 비해 아내는 인내심도 좋아 싸움이 장기전으로 가면 성격 급한 내가 불리하다.

"저기!"

아내는 손가락으로 위치를 가리키며 짧게 대답했다.

소금을 꺼내면서 속으로는 '갈 데까지 가보자는 거냐'라는 생각이 들었다. 그런데 고기가 익어가면서 풍기는 군침 도는 냄새와 고소하게 버무려지고 있는 파절임 앞에서 계속 무표정을 유지하는 것이 너무 힘들었다. 치킨이나 피자 같은 배달 요리는 화난 사람들처럼 먹을 수 있는데 이상하게도 직접 만든 요리 앞에서는 그게 안 된다. 더군다나 서로 먼저 말을 안 하려고 고집을 부리는 우리 모습이 생각할수록 웃겼다. 마침 아내도 같은 생각을 하고 있었는지 결국 참지 못하고 둘 다 웃고 말았다.

남자답게, 더 잘못한 내가 먼저 사과를 했다.

"그렇게 부탁했는데 제대로 사과 안 해서 미안해."

아내는 상대방이 진심으로 사과를 하면 바로 받아주는 편이다.

"나도 화만 내서 미안!"

말하고 보면 그렇게 쉬운 말 한마디가 매번 왜 그렇게 하기 싫었는지, 아무리 생각해도 이상한 일이다. 부부는 어떻게 보면 치킨과 피자 같다. 주재료가 다르고 조리법이 다른 것처럼 우리도 서로 태어나고 자라온 환경이 다르고 성격도 다르다. 하지만 많은 음식들 중에서도 치킨을 생각하면 자동으로 피자가 떠오를 정도로 둘은 언제나 얽혀 있다. 서로 생각이 달라도 어느 순간에는 결국 하나가 되는 부부처럼 말이다. 한마디로 '따로 또 같이'다.

IF YOU COOK

만약 당신이 요리를 한다면

따뜻한 관계를 만들 수 있다.

행복 한가운데 있는 준구-지은 씨 부부.

5월의 신부 지은 씨를 위해

준구 씨가 만든 스페인 요리 감빠스.

나의 아내가 될 지은 씨에게.

지은 씨와 함께하게 되어 나는 무척 행복합니다.

당신이 믿고 의지할 수 있는 그런 듬직한 남편이고 싶습니다.

당신에게 소소한 행복을, 영원한 신뢰를 선물하고 싶습니다.

나는 오늘도 매일 저녁을 함께할 그날을 기다립니다.

내 아내가 되어주어서 고마워요.

칭기즈 칸의 후예

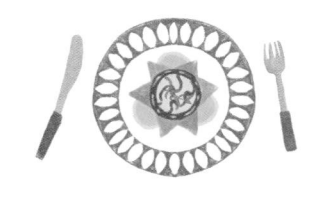

미국 초밥 집에서 일하던 시절, 동료 중에 몽골에서 온 베트라는 친구가 있었다. 그 친구를 생각하면 제일 먼저 떠오르는 것은 칭기즈 칸이다. 베트는 입만 열면 칭기즈 칸에 대해 자랑을 늘어놓았다.

"칭기즈 칸은 그 당시 세상을 지배했어. 칸이 활약할 당시는 말이지, 그 위세를 멀리 동유럽까지 떨쳤지. 지금의 중국이 이렇게 커진 것도 다 칸 덕분이란 말이지."

처음에 베트는 칸의 이야기를 꼭 자신의 부자 할아버지를 자랑하는 콧대 높은 손자처럼 으스대며 늘어놓았다. 식사 시간이 지나 조금 한가해지는 틈이 생기면 아무나 붙잡고 칸의 자랑이 이어지는 것이다.

"당시 몽고족이 한족에 비해 그 숫자는 턱없이 적었거든. 아, 비교 자체가 불가능한 수준이었어. 그런데 그 대군을 가진 한족이 몽고족 병사 앞에서는 꼼짝을 못했어. 정말 파워가 압도적이었지."

일 때문에 이야기가 끊겨도 베트는 별로 신경 쓰지 않았다. 그 다음 이야기는 식당 마감을 하는 동안 이어서 할 예정이었기 때문이다. 일과를 마치고 짧은 거리를 함께 걷는 퇴근길에서도 자랑은 이어졌다.

"칭기즈 칸은 대장부였어. 아내를 이웃 부족이 납치한 적이 있었는데, 1년 만에 복수를 하고 아내를 찾아왔지. 그런데 글쎄, 아내가 만삭이었다는 거야. 훗날 그 아들이 황제가 됐을 때 신료들이 칸에게 친아들이 아니니까 황제로 올리는 것을 다시 생각해보라며 말렸어. 그때 칸이 이렇게 말했지. '내 아내가 낳은 아이니 내 아들이 맞다.' 정말 여러모로 위대한 분이지 않아?"

베트의 이야기를 들어보면 칭기즈 칸은 내가 알던 것보다 훨씬 더 위대하긴 했다. 다른 남자의 아이를 임신해 돌아온 아내를 평

267

생 사랑한 것도 대단하고 그 아이를 사랑으로 키워 황제의 자리까지 올린 대범함은 감히 범접하기 어려울 정도다. 내가 칸이었다면 그렇게 오롯이 사랑만으로 아내와 아들을 지켜낼 수 있었을까? 이성적으로는 가족은 혈연으로 이어지는 것이 아니라 함께한 시간과 서로가 나눈 마음만큼 더 끈끈해지고 깊어지는 것이라는 것을 알지만 마음은 그것을 쉽사리 받아들이지 못한다. 그래서 그런 사람들이 더 멋져 보이고 존경받는지도 모르겠다. 하지만 그런 이야기를 날마다 오랫동안 듣다 보니 칸이 꼭 내 직장 동료처럼 느껴졌다. 모르는 사람 이야기도 계속 듣다 보면 그 사람하고 잘 아는 사이처럼 느껴지듯, 위대한 칸이 친근하게 느껴졌다. 나중에는 분명 그 아들보다 베트가 더 칸을 좋아할 거라는 확신이 들 정도였다. 누군가에게 이런 터무니없는 확신을 줄 수 있다는 것만으로도 어떤 면에서는 베트가 칸보다 더 위대했다.

어느 날, 칸의 이야기를 하는 베트를 유심히 관찰한 적이 있었다. 날마다 레퍼토리를 바꿔가며 하는 이야기가 화수분처럼 끝이 없었기 때문에 그 모든 이야기를 꿰고 있는 베트가 너무 신기해서였다. 칸의 이야기를 하는 베트의 눈은 열정으로 빛나고 있었는데 표정이나 몸짓은 어쩐지 약간 거만했다. 그것이 꼭, 마음에 드는 여자에게 잘 보이기 위해 허세를 부리는 것처럼 느껴지기도 하고 시골 청년이 이제 대도시에서 살게 되었다고 어깨에 잔뜩 힘이 들어간 듯한 모습같기도 했다. 그렇다고 해서 베트가 평소에 허풍을 떠는 거만한 사람이라는 말은 절대 아니다. 오직 칭기즈 칸에 대한 경외심과 칭기즈 칸의 후예라는 자부심을 보여줄 때만 그런 모습이었다. 문제는 늘, 어디서나, 칸의 이야기를 한다는 것이다. 결국 우리는 칭기즈 칸이 몽골말로 '황제 중의 황제'라는 뜻이라는 사실을 알게 되었고, 베트를 자랑스러운 칸의 후예로 인정할 수밖에 없었다.

베트의 요리는 칭기즈 칸의 이야기만큼 인상적이었다. 당시 주방 식구들은 우리가 먹을 밥을 돌아가면서 준비했는데, 구성원의 나라가 다양하다 보니 내놓는 요리도 다양해서 각 나라의 요리들을 맛볼 수 있었다. 그렇다고 해서 모두가 자기 나라 요리만 고집하는 것은 아니었다. 우리는 일식을 배우는 사람들이어서 자기 식으로 해석한 일식 퓨전을 내놓는 경우가 훨씬 많았다. 대단치는 않더라도 제법 맛과 차림새를 갖춘 요리를 내놨고, 밥을 먹으면서 자연스럽게 맛 품평이 곁들여졌다.

그런데 유독 베트의 요리는 달랐다. 몽골사람이란 자부심이 대단한 베트는 자신이 말 젖을 먹고 살았다는 것도 자랑처럼 말했다. 점심시간에도 대부분 몽골 요리를 내놨다. 어쩌면 그것이 가장 베트다운 방식이었다.

베트가 내놓은 요리는 우리에게 언제나 처음처럼 신기하고 어색했다. 일본 요리들은 색감과 모양을 중요하게 생각해서 한 접시를 내놓더라도 보기 좋게 장식을 한다. 그런데 베트의 요리는 형태가 이상했고, 심지어 사람들이 말하는 개밥처럼 보이는 것들도 있었다. 요리에 탐험심이 강한 나조차도 선뜻 수저가 가지 않았다. 한 번은 생선 스프를 내놓은 적이 있었는데 느끼하고 비릿하게 느껴지는 것이 괴상한 맛이 날 것 같았다. 셀러리, 당근, 양파, 허브, 연어 머리를 넣고 고은 육수에 채소를 넣고 다 익은 후에 레몬즙을 짜 넣은 요리였다. 그런데 베트의 요리는 편견을 접고 일단 맛을 보면 의외로 중독성이 강했다. 보이는 것과는 달리 전혀 비리지도 않았고 담백하면서도 고소했다. 우유와 설탕, 쌀밥을 넣어서 만든 쌀 푸딩을 만들어준 적도 있는데 생각만큼 달큰하거나 느끼하지 않았고 적당하게 달달한 것이 디저트로 내놓아도 좋을 정도로 맛있었다. 그래서 베트의 요리는 언제나 '의외로 맛있다'라는 평을 받았다.

많은 시간이 흐르고, 내가 한국에 들어오고 나서 우리는 연락이 끊겼다. 어쩌면 베트는 그토록 자랑스러워하던 고국으로 돌아갔는지도 모르겠다. 그랬다면 그는 이제 제 나라 사람들과 서로 추임새를 넣으며 칭기즈 칸의 예찬을 늘어놓고 있을 거다.

이제 그때 동료들이 만들어준 맛있었던 요리는 거의 생각나지 않는다. 그런데 참 신기하게도 베트가 만들어준 요리의 맛은 아직도 생각나는 것이 제법 있다. 덤으로 허풍처럼 느껴지던 칭기즈 칸도 떠오른다. 누군가에게 각인이 된다는 것은 끊임없는 애정과 열정이 바탕 되어야 한다. 베트의 남다름은 자기의 정체성과 거기에서 오는 자부심을 요리에 고스란히 담아 더 빛을 발했다. 그래서 베트의 요리는 여전히 인상적이다.

내게 강한 인상을 남긴 요리로는 멕시코 친구가 만들어준 새우타코와 살사도 있다. 유학을 끝내고 고국으로 돌아가는 나를 위해 만들어준 것이었다. 모두가 호화찬란한 요리를 대접할 때, 그 멕시코 친구는 자신이 가장 좋아하고 즐겨먹는 고국의 맛을 작별 선물로 만들어줬다. 그 요리를 여전히 기억하는 이유는 맛이나 멋 때문이 아니다. '그와 나의 이야기'가 있는 요리여서다. 누군가에게 강한 인상을 남기는 것은 애정과 열정, 그리고 함께라는 공감에서 온다. 내가 아내에게 해줬던 김치 치즈 볶음밥과 어릴 적 동생과 먹었던 떡볶이, 아버지의 비빔밥, 어머니의 해물탕을 두고두고 이야기하는 것도 같은 이유다. 누군가와 그런 추억을 두고두고 공유하고 싶다면 지금 이 순간을 그렇게 만들면 된다. 특별하지 않은 요리라도 함께 먹으며 시간을 나눈다면 훗날 그것은 추억으로 남게 된다. 누군가의 말처럼 지금 이 순간이 곧 역사다.

특별하지 않은 요리라도 함께 먹으며

시간을 나눈다면 훗날 그것은 추억으로 남게 된다.

누군가의 말처럼 지금 이 순간이 곧 역사다.

EPISODE # 29

언제나 따뜻한 어머니의 만두

어머니의 음식은 절반 이상이 추억의 맛이다. 언제나 먹어도 늘 한결 같고, 한 입 깨무는 동시에 따스함이 전해져오는 그리운 그 무엇인가가 담겨 있다. 내가 먹고 싶은 걸 말하면 잠을 설치고서라도 새벽 장을 봐와서 그 요리를 맛있게 만들어주셨다. 그렇게 다 만들어주시고는 가끔 이렇게 툴툴거리신다.

"이제 나도 누군가 차려주는 거 먹을 때도 되지 않았나?"

그러면 나는 정색을 한다.

"전 어쩌라고요?"

남들이 들으면 요리사 아들이 늙은 부모를 부려먹는다고 욕을 할 수도 있을 거다. 하지만 그런 욕을 먹어도 어머니의 손맛을 포기할 수 없다. 계속 먹고 싶어지고, 생각만으로 따뜻해지는 것이 어머니의 맛인데 그것을 어떻게 포기한단 말인가. 그런 아들의 마음을 아시는지 어머니는 한 번씩 넋두리를 하시더라도 계속 주방을 떠나시지 못한다. 매일 먹어 질린다는 동생의 투정에도 애정이 담겨 있다는 것을 어머니가 모를 리 없다.

아내도 마찬가지다. 아내가 20대 초반이던 연애시절 우리 집에 놀러온 적이 있었는데 그때 어머니가 만두를 해주셨다고 한다. 늘 어머니의 만두가 다른 맛과 비교할 수 없을 정도로 맛있기는 하지만 나야 만두를 특별한 날에 먹는 것이 아니니 그날을 꼭 집어 기억하지는 못한다. 하지만 아내에게는 어머니의 맛이 만두로 기억될 정도로 특별한 것이었다. 다함께 만두를 빚은 날, 아내는 추억에 잠긴 눈으로 그 이야기를 꺼냈다.

"그때 어머니가 해주신 만두 정말 너무너무 맛있었어요."

어머니는 평소처럼 "그랬나?" 하고 무심하게 지나갔지만 속으로는 흡족해하셨을 거다. 사람마다 표현방식이 다르지만 맛있다는 칭찬을 받고 기분이 좋지 않을 사람은 없다. 나는 어머니와는 반대로 내가 만든 음식에 스스로 감탄하는 편이고 그것을 숨기지 않는다. 그래도 칭찬은 여전히 나를 기쁘게 한다.

어머니의 만두는 누구나 반할 수밖에 없는 맛이다. 좋은 재료를 사용하기도 하지만 손맛을 더해 정성이 많이 들어가기 때문이다. 만두피도 시중에서 파는 것을 쓰지 않고 직접 유리병으로 하나하나 밀어 만든다. 그렇다 보니 혼자서 만두를 빚으실 때에는 한꺼번에 많이 만들기가 어렵다. 적당량을 만들어 냉동실에 넣어뒀다가 우리가 오면 요리를 해주고 조금 싸주시기도 한다. 그러다 다같이 모여 만두를 빚는 날이면 이때다 싶으신지 한꺼번에 엄청난 양을 만든다. 그러면 절반이 넘는 양을 뚝 떼어 싸서 우리 손에 들려주신다. 냉동실에 넣어서 두고두고 먹을 수 있어 아내와 나는 만두 빚는 날이 늘 좋다.

숙주를 데치고, 당면을 삶고, 김치를 썰고, 간 고기와 물기를 짠 두부를 커다란 대야에 넣어 비비는 일은 대부분 나와 어머니가 한다. 가장 중요한 만두피 반죽과 만두소 간을 하는 것은 어머니 혼자의 몫이다. 동생과 아내는 만두피를 민다. 그렇게 모든 준비가 끝나면 모두 둘러 앉아 만두를 빚는다. 그러면 잔치를 앞둔 사람들처럼 기분이 들뜨고 집 안은 왁자지껄하게 사람 사는 냄새가 물씬 풍긴다. 만두를 빚는 날은 그래서 더 좋다.

만약 가족 간의 사이가 어색하거나 서로 데면데면하게 지낸다면 가족 전체가 모여 만두를 한번 빚어보라고 권하고 싶다. 만두를 빚다 보면 끊임없이 이야기가 생기고 서로의 몰랐던 재주를 발견하거나 성격을 더 많이 알 수 있다. 만두를 빚는 방식은 가족 수만큼 제각각이다. 속을 너무 많이 넣는 사람과 적게 넣는 사람, 적당하게 넣어 예쁘게 모양을 만드는 사람, 서로가 만든 것을 보는 재미도 쏠쏠하다. 소심한 아들이 평소 걱정이었다면 만두 빚는 모양을 핑계로 기운을 북돋워 줄 수도 있다.

"속을 좀 더 많이 넣으면 좋겠지만 대신에 네가 빚은 만두는 터지지 않겠다. 한꺼번에 많은 일을 해내는 것보다는 조금 부족하더라도 꼼꼼하게 해서 더 좋은 일도 있지. 이 만두처럼 말이다. 사회에서도 그런 사람들이 있는데 남들이 답답하게 여기는 경우도 있지만 그런 사람이 꼭 필요한 중요한 순간이 아주 많아. 그런데 정작 본인은 스스로가 얼마나 필요하고 중요한 쓰임이 있는 사람인지 잘 모르는 경우가 많더라."

본인이 꺼려하는 문제를 직접 대놓고 이야기할 수 없을 때는 만두에 비유해서 돌려 말하기 아주 편하다. 모든 요리를 다 비유로 끌어올 수 있겠지만 이왕이면 요리를 하면서 함께 마주볼 수 있는 만두가 더 좋다. 그런 이야기를 하다 보면 의외로 심각했던 고민들을 툴툴 털어낼 수 있다. 잘 익은 만두 속처럼 뜨거운 가족들의 마음을 한 번씩 확인하는 자리는 꼭 필요하다.

만두를 빚는 또 다른 장점은 한 가지 준비로 종종 두 가지 요리를 맛볼 수 있다는 거다. 만두피를 밀고도 반죽이 많이 남으면 어머니표 칼국수도 먹을 수 있다. 끓는 육수에 만두 몇 개와 칼국수 가닥을 털어 넣고 바글바글 끓여낸 칼국수 맛은 그야말로 일품이다. 담백하고도 쫀득한 면발이 만두와 만나 구수하면서도 개운한 맛이 난다.

한 그릇을 뚝딱 비우고 부른 배를 두드리면 세상에 어려운 일이 없는 것처럼 마음이 풀어진다. 온몸이 꽉 찬 듯한 만족감을 줄 수 있는 요리를 나도 언젠가 어머니에게 대접하고 싶다. 내 전공인 이탈리아 요리는 몇 번 해드렸지만 어머니의 입맛을 만족시키지는 못했다. 맛있다고는 하시지만 어디가 어때서 맛있고, 무엇이 잘 어울리는지 세세한 평은 해주시지 않았다. 어머니가 한식 요리사여서 이탈리아 요리에 대해서는 잘 모르시니 정확한 맛 평가를 해주시기 어려울 수밖에 없다. 그래서 언젠가 꼭 제대로 된 한식을 대접할 생각이다. 화려하고 고급 재료를 이용한 요리가 아닌 우리가 평상시에 일상적으로 먹는 된장찌개나 김치찌개를 곁들인 요리 말이다. 나는 늘 어머니의 김치찌개 맛을 넘어서는 요리를 대접하고 싶다. 그래서 어머니 입에서 '정말 맛있다'는 감탄사를 끌어내고 싶다. 속이 보일 정도로 투명하고, 그러면서도 속이 꽉 찬 어머니의 만두처럼 살아 있는 손맛을 내고 싶다.

얼마 전에 어머니가 만들어준 만두를 다 먹었다. 한동안 냉동실 한 자리를 가득 채우고 있어서 문을 열 때마다 마음이 든든했는데 다 먹고 나니 그렇게 아쉬울 수 없었다. 만두는 국과 찜 요리 말고도 활용도가 높아 여러 가지 요리에 응용할 수 있다. 시간 여유가나서 오래간만에 단골로 가던 손 만두집에 들렀다. 그런데 음식점이 없어지고 그 자리에 새로운 가게 오픈을 위해 인테리어 공사가한창이었다. 분위기로 봐서는 카페가 들어설 모양이다. 어머니 손맛과 비슷한 집이라서 찾아내고 아주 좋아했는데 이제 또 새로운집을 찾아야 한다고 생각하니 더 서운했다. 시간이 많이 들고 손이 많이 가서 수지가 안 맞는지 그런 손칼국수와 만두전문점이 점점 없어지고 있다. 시장의 경제논리에 밀려 공장기계들이 찍어낸맛이 자리를 차지하면서 추억의 맛들이 점점 사라지는 것이 너무아깝다. 그래서 요리사인 내 어깨가 무겁다. 새로운 맛을 만들어내는 것만큼 우리 고유의 맛을 지키고 이어가는 것이 중요하다는것을 어머니의 손맛을 통해 또 한 번 깨닫는다.

IF YOU COOK :

만약 당신이 요리를 한다면

추억을 불러올 수 있다.

특이하게도 매년 12월 24일에는

만두를 빚는다는 수영 씨네 가족.

아빠 정우 씨가 가족을 위해 빚은 따뜻한 만두.

너희들이 시집을 가기 전에 말이야, 매년 여름과 겨울에 만두를 빚곤 했는데 그 시간이 무척 그립구나. '만두 빚는 날'을 정한 것도 아니었는데, 몇 해에 걸쳐 크리스마스이브에 만두를 빚다 보니 우리집 기념일 같은 날이 생겨버렸어.

예전에 한 번 수영이가 '내 영혼의 음식'이 만두라고 했을 때, 아빠는 울컥했단다. 아빠도 그렇거든.

올해는 엄마랑 단 둘이서 만두를 빚었단다. 너희가 없어서 허전한 마음이 들었지만, 너희들 먹일 생각을 하니 이 아빠는 마음이 좋구나. 다음에는 아예 날을 잡고 함께 모여 만두를 빚자구나.

EPISODE #30
나를 완성시키는 맛

예전 한강 시민공원 젊음의 광장에서 열리는 친환경 문화축제인 14회 쌈지사운드페스티벌에 참가한 적이 있다. 테드엑스^{TEDX} 강연을 본 쌈지 관계자가 나를 섭외했는데, 당시 가수가 서는 무대에 셰프가 서는 건 처음이라고 했다. 그 말에 더욱 긴장을 해버려 실수하지 않을까 마음이 초조했다.

내가 무대에 서는 시간은 오후 3시, 조금 서둘러 행사장에 도착해서 축제 분위기를 느끼며 나도 한껏 흥분한 상태였다. 그런데 갑자기 내 차례가 30분이나 앞당겨진 2시 30분으로 변경되는 바람에 리허설도 하지 못한 채 바로 무대에 올라야 했다.

내 앞 순서였던 가수가 열광적인 호응을 받으며 무대를 내려가고 그 자리에 내가 올라갔다. 요리 강연을 하기에는 한강의 뻥 뚫린 공간과 무대가 너무 컸다. 관람객의 분위기도 반전됐다. 여기저기서 웅성거리는 소리만 가득했다. 음악의 열기에 빠져 신나게 놀던 아이들을 붙잡고 "애들아, 이제 공부하자." 하고 말하는 기분이었다. 나를 올려다보는 사람들의 표정은 전부 '쟤 누구지? 무슨 노래하려고 하나?' 하는 의구심이 가득한 것들이라서 그 모습을 마주하는 내 머릿속도 함께 복잡했다.

잠시 어색한 침묵이 흐르고, 떨리는 마음으로 마이크를 잡았다. 드럼 같은 악기들이 가득한 무대라 내 무대가 아닌 듯 느껴졌고, 가수들이 쓰는 마이크도 불편했다. 흥겨웠던 분위기를 깨지 않으려고 긴장하고, 말을 하면서도 내가 잘 하고 있는 걸까 신경 쓰여서 또 긴장하고 긴장했다. 말 그대로 긴장의 연속이었다.

간단한 내 소개를 하고 등 뒤로 준비한 영상이 나왔다. 그리고 내게 7분 스피치가 주어졌다.

나는 식문화에 대한 강연을 시작했다. 내 모토를 말했다.

"당신이 먹는 음식이 당신의 몸에 흔적을 남긴다!
　　내가 먹는 것이 바로 나를 나타낸다!"

　처음 1분이 지나는 동안은 내가 무슨 이야기를 하는지 나조차도 알 수 없을 정도로 얼어 있었다. 그러다 1분 정도가 흐르자 몇몇이 내 이야기에 고개를 끄덕이거나 감흥 하는 표정들이 보이기 시작했다. 그러자 나도 모르게 힘이 났다. 강연이 끝날 때쯤에는 노래를 해야 할 것 같은 무대와 동감해주는 관객의 분위기에 취에 목소리를 높여 이렇게 묻고 있었다.

　"여러분, 저 많이 응원해주실 거죠?"

　"네!" 하는 관중들의 합창에 고무되어 기분 좋게 무대를 내려왔다. 내가 무대를 내려오자 내 앞에 나왔던 강연자들이 어떻게 그렇게 떨지도 않고 태연하냐고 물었다. 처음 얼마동안 정신이 하나 없을 정도로 엄청나게 떨었는데 다른 사람들에게는 편안해 보였다는 것이다. 어쩌면 긴장하는 것과 별개로 내가 요리와 관계된 일이라면 무대까지도 즐기는 것이 아닌가 하는 생각이 잠깐 들었다.

　그 뒤로 새로운 것들을 접하는 기회가 자주 생겼다. 광고도 찍고, 요리 프로그램과 내가 원하는 주제로 강연할 수 있는 자리도 많이 생겼다. 차츰 무대가 익숙해져서 이제 내 생각을 전달했을 때 받아들이는 사람들의 표정이 자세히 보였다. 특히 요리 쇼인 경우 '이 요리는 내 스타일이야' 하고 내가 만들고 싶은 요리를 만들어내놓기만 하면 되는 것이어서 너무 좋았다. 자신의 스타일을 대중들에게 선보일 수 있는 기회는 늘 가슴 두근거리는 일이었다. 그중에서도 18분 안에 요리를 하는 퍼포먼스는 오랫동안 기억에 남아 있다. 그 프로그램의 취지가 식단의 균형을 잡자는 것이어서 내 모토와 딱 맞아 떨어졌기 때문이다. 두세 개의 학원을 도느라 바쁜 아이들과 직장과 일에 지친 어른들이 흔히 선택하는 컵라면과 요리 대결을 벌였다. 컵라면을 끓이고 익는 3분 동안 나는 샐러드를 만들어 3분으로도 요리를 할 수 있다는 것을 보여주었다. 정작 일은 24시간 하면서 먹는 것은 대충 때우는 것이 늘 아쉬웠다. 그래서 자신의 식단부터 바꾸자는 것을 어필했다. 큰돈을 들여 비싼 재료를 사자는 게 아니라 매 끼니 먹는 것을 관찰해서 경각심을 가지자는 것이다. 그 생각은 건국대학교에서의 강연과 테드엑스, 그리고 쌈지사운드페스티벌로 이어졌다.

하지만 강연은 좀 달랐다. 내 생각을 처음 접하는 사람들을 생각하게 하고 같은 생각으로 끌어들여야 한다는 부담감, 동조, 그런 것들이 너무 힘들었다. 그렇다고 마냥 힘들기만 했던 것은 아니다. 일산 킨텍스에서 하는 '비상飛上 토크콘서트'는 그 모든 힘들었던 강연에 대한 기억들을 한순간에 날려버릴 정도로 가슴 벅찼다. 정확하지는 않지만 내 강연이 '비상' 프로젝트가 시작하는 첫날에 있었던 것 같다. 날짜로는 정확히 5월 8일, 마침 그날이 내 생일날이었다. 솔직히 그날은 가족들과 함께하고 싶었지만 부담감을 안고 강연을 하러 갔다. 그런데 내 차례가 되자 거기에 모인 천 명의 관객이 다 함께 생일 노래를 합창하기 시작했다. 그리고 촛불이 켜진 케이크를 무대로 가져왔다. 늘 내 생각을 그들에게 이해시켜야 한다는 부담감 때문에 가끔은 외면하고 싶었던 무대, 그 무대의 천 명이라는 관객이 불러주는 축하노래는 소름이 돋을 정도로 감격이었다.

나는 강연이나 무대가 있을 때면 자주 말한다.
'내가 먹는 것이 바로 나를 나타낸다!'
몇 번을 강조하더라도 충분하지 않다. 내가 아는 모든 사람들이 이 말의 뜻을 알고 실천할 때까지 나는 지치지 않을 자신이 있다. 혼자라서, 바빠서, 남자라서, 그런 핑계는 이제 그만둬야 할 때다. 빠르면 빠를수록 더 좋다. 요리는 당신이 생각하는 거창하고 어려운 것이 결코 아니다. 내 몸을 위해 좀 더 좋은 자료를 찾아내고 내가 몰랐던 좋아하는 맛을 알아내려는 작은 정성만 있으면 된다. 자투리의 시간을 내어 장을 보는 것으로 시작하자. 그러면 언젠가 알게 될 것이다. 당신이 상상하던 그 이상의 맛들이 늘 가까이서 당신을 기다리고 있었다는 것을. 이제 당신이 만나러 갈 차례다.

혼자가기 힘들다면 나 같은 요리사의 흔적을 뒤적여보고 뒤를 밟아도 좋다. 당신 앞에서 나는 언제나처럼 걷고 있을 거다. 언제나 나를 거듭 완성시켜주는 '새로운 맛'이 사라질 때까지 나는 멈추지 않을 거다. 그러니 나를 완성시키는 맛은 늘 내일의 맛이다.